WINGS・NOVEL

倫敦花幻譚②
失われた花園とサテュロスの媚薬

篠原美季
Miki SHINOHARA

新書館ウィングス文庫

SHINSHOKAN

倫敦花幻譚②

失われた花園とサテュロスの媚薬

目次

C H A R A C T E R S

ケネス・アレクサンダー・シャーリントン
ネイサンとは学生時代からの友人。無類の昆虫愛好家。
ウィリアム・スタイン・ロンダール
無類の植物愛好家。幼馴染みのネイサンの美貌に執着。第6代ロンダール公爵。
ドナルド・ハーヴィー
ネイサンとは学生時代からの友人。種苗業を営む。

倫　敦　花　幻　譚

バーソロミュー
ネイサンの家令、
執事、フットマンを
兼任する。
レベック
ネイサンの植物採集の
助手。謎の多い人物。
植物の声を聞いている
節がある?
ネイサン・ブルー
プラントハンター、植物学者。
地主階級《ジェントリー》ながらウィリアムとは
幼馴染みの関係。
目立つ美貌の持ち主。

イラストレーション◆鳥羽　雨

失われた花園と
サテュロスの媚《び》薬《やく》

序章

——なぜ?

女が言う。
涙に濡れた嘆《なげ》きの声だ。

——なぜ、裏切ったの?

男は、思う。
別に裏切ったわけではない。
最初から、そのつもりだったのだ。
文明社会を知らない無垢《むく》な女を、自分の欲望のために利用する。
ただ、ある目的のためだけに、女を口説《くど》いた。

それは、赤子の手をひねるようなものである。

都会の洗練された物腰を持つ男の姿は、自然界に親しむ原始の男しか知らない女の目には、まさに神話に出てくる英雄のようにまばゆく映《うつ》ったことだろう。

最初から、わかっていた。

だが、一攫千金《いっかくせんきん》を夢見る男にとって、愛だの信頼だの、一時の感情に振りまわされるのは実に陳腐でみすぼらしく、女に憐《あわ》れみは覚えても、愛《いと》しさのいの字もわかなかった。

愛など、手にしたお宝の前では、砂に落ちた麦芽くらいに色褪《あ》せて見える。

（そう、金だ）

男は、思う。

（これは、大いに金になる――）

そんな男の表情からなにかを察したらしく、ハッと震えた女が眉《まゆ》をつり上げて怒鳴った。


――騙《だま》したのね？

――貴方《あなた》は、私を愛してなどいなかった。

――貴方の目的は、最初からこれにあった。

――この……。

そこで、女が絶望のうちに大地に横たわる大木を見つめてつぶやく。

――私たちの神……。
――神聖なる森の王。
――それを、こんな無残な姿にするなんて……。
――ああ！

絶望した女が、吐き出すように告げた。

――許さない。

女の声とは思えないほど、低く恨《うら》みに満ちた声。

――貴方のことは、他の誰が許しても、私が絶対に許さない。
――覚悟しなさい。
――いつか、貴方はここへ戻ってくることになる。
――世界のどこで、なにをしていようと。

——流された私の血が、きっとあなたを呼び戻す。

——その時まで、私はここで待ち続けるから。

——そう、いつまでも。

——絶対に。


だが、その声は、もはや彼の耳には届かない。

女の声に応《こた》えるのは、木々のざわめきと、くちばしの大きな鳥たちののんびりした鳴き声だけで、それらもすべて、最後はただただ、むせ返るような緑の洪水に虚《むな》しく飲み込まれていくだけだった。

奥深い緑の楽園。

湿気と霧《きり》と木々に覆《おお》われた南国でのことである。

第一章　密林からの脱出

1

むせ返るような緑の中を、彼らはひたすら走っていた。

青い花が一輪、一人が背負ったリュックから頭を出し、左右にゆらゆら揺れている。

危険な道行きだ。

頭上には太い蔓《つる》が垂れ下がり、足元に視線をやれば、はびこる木の根を下草が覆《おお》い隠《かく》していて、どこになにが潜《ひそ》んでいるかわかったものではない。

おまけに、まわりは見渡す限り木々ばかりだ。

迷ったら最後、この緑の迷宮を抜け出すことは不可能になるだろう。

本来なら、こんな場所で全力疾走《しっそう》するのは、自殺行為だ。

だが、彼らには、走らなければならない理由があった。

「レベック、大丈夫か?」

「はい、ネイサン。ネイサンこそ――うわっ」

言っているそばから吹き矢が耳元を掠《かす》め、首をすくめた彼らはさらに足を速める。

紅茶で有名なインドのアッサム地方。

その地に咲く青い蘭《らん》を求めて、植物学者であり、且《か》つ「比類なき公爵家のプラントハンター」であるネイサン・ブルーが助手のレベックをともなってやってきたのは、暦の上で夏の始めに相当する頃のことだった。

ふもとの小さな村で一ヵ月ほど情報収集及び準備に費やし、その後、現地ガイドを雇《やと》い、森の中でキャンプを張りながら探し続けること二ヵ月あまり。ようやく求めていた蘭の群生地を見つけた矢先、どこからともなく現れた先住民に襲われたのだ。

すでに、現地ガイドとは離れ離れになってしまっている。

彼らがこの密林を脱出するのはかなり難しそうだが、それもこれも、まずは追っ手を無事にかわしてから考えることであるようだ。

もっとも、プラントハンターとして世界中を飛び回っているネイサンにとって、この手の危機に遭遇《そうぐう》するのは決して珍しいことではなく、今も背後を振り返り、敵の気配が消えたことを確認したところで、一度足を止めて周囲を見まわした。

今さらとはいえ、闇雲《やみくも》に走り回っては、助かる命も助からなくなる。

淡い金髪にペパーミントグリーンの瞳。

すらりとした長身に造形の整った顔。

地主階級《ジェントリー》の三男坊として生まれたネイサンは、社会的身分は決して高くないが、大金持ちの子息として、これまでなにひとつ不自由のない生活を送ってきた。そういう育ちの良さからくる気品のせいか、こんな危険だらけの熱帯雨林ですら、王侯貴族の庭のごとく優雅な風景に変えてしまう。

その上、頭でっかちな宮廷人と違い、教養の高さと持ち前の冒険心や直観力で、どんな場所にでも臆《おく》することなく分け入っていき、それ相応の成果をあげて戻ってくる。今や、ヨーロッパの植物業界に携《たずさ》わる人間で彼の名前を知らない者はないほどで、どこに行っても憧《あこが》れと羨望《せんぼう》の目を向けられる有名人だ。

そんな英雄型ともいえるネイサンに対し、一緒に足を止めたレベックは、ひょうひょうとしていて、どこか謎《なぞ》めいた青年であった。

揺らめく炎《ほのお》のような赤い髪。

光に透ける金茶色の瞳。

しなやかな身体つきで動きまわる姿は、自然界のエネルギーに満ちていて、すべての善なるものがその内側に宿っているような清々《すがすが》しさだ。

その様子を喩《たと》えて言うなら、妖精の女王に気に入られ、彼方《かなた》の地で長い年月を過ごして戻ってきたばかりの吟遊詩人《ぎんゆう》といったところか。

見た目もそうなら、庭師の息子として育ったその出自も曖昧《あいまい》で謎に満ちている。

そんな風に、すべてにおいて対照的な二人が現在いるのは沢の近くであるらしく、切り立った岩の下からは水の流れる音が響いてくる。

頭上を見あげ、太陽の位置を確認するネイサンに対し、同じように立ち止まって、そこに垂れ下がる蔓を手に握りしめ、まるでおしゃべりでもしているかのように近くの大木と向き合っていたレベックが、ハッとしたように振り返り、遠くを指さして言った。

「――ネイサン、あれを」

レベックの指先を追って首を巡《めぐ》らせたネイサンの目に、緑の海を越えたところに立ちのぼる黒煙が映《うつ》った。

森の一角が燃えているのだ。

位置的に考えて、ネイサンたちが辿り着いた青い蘭の群生地のあたりだろう。

その意味するところを悟り、ネイサンは怒りを込めて舌打ちする。

「なんてことを!」

レベックも痛ましげに目を細め、悲しみに満ちた声で言う。

「ひどいことをしますね」

明らかに放火だ。

意図して、火をつけられた。

だが、誰が、なんのために——？

二人を襲ったのは、間違いなく先住民だった。

飛んできた吹き矢が、その証拠である。

だが、ネイサンは、その背後に、彼らと同じくヨーロッパからきた蘭ハンターの存在を嗅《か》ぎ取《と》っていた。

このところ、上流階級の間では蘭の蒐集《しゅうしゅう》がとても盛んになっていて、取引の値段が高騰《こうとう》し続けている。特に新種の蘭や伝説的な蘭には、法外な値がつくこともままある。

そんな時代にあって、学術的なことに重きをおく学者やプラントハンターとは違う、一攫千金《いっかくせんきん》を狙《ねら》った「蘭ハンター」なるものたちが現れ、東アジアや中南米の群生地をめちゃくちゃに荒らし始めるようになった。

当然、彼らには植物に対する愛情など一切なく、ただただ自分たちの利益のためだけに危険な密林へと踏み込んで行き、運べるだけの蘭を採取する。

それだけならまだしも、彼らは、そこから得られる利益を独占するため、残りの蘭を根絶やしにするという暴挙に出ることもある。

今、ネイサンたちが目にしている黒煙は、まさにそんな身勝手な振る舞いの結果といえよう。

同じ人間として恥ずかしいし、植物のためになにかしてやりたいのはやまやまだが、自分たちの生命すら危うい今は、ただ逃げるしかなく、そんなふがいない自分が嫌だった。

「……僕のせいだ」

黒煙を見つめながら、ネイサンが悔《くや》しそうにつぶやく。

実は、数日前から、あとをつけられている気配はずっと感じていたのだ。だが、追っ手を巻こうにも、地の利は彼らのほうにあるため、そのまま進むしかなかった。

その結果が、これである。

なぜ、気づいた時点で、引き返さなかったのか。

仕切り直せばよかったのに、そうしなかった。

たしかに、仕切り直せば、その分帰国は遅れるが、それで困る旅でもない。

困るとしたら、それは彼らではなく、海を隔《へだ》てた遠い地で彼らと彼らがもたらす青い蘭の到着を今か今かと首を長くして待っている出資者が、待ちくたびれて、ついにはだれかれ構わず八つ当たりするのを、粛々《しゅくしゅく》と受け止めざるを得ないまわりの者たちだろう。

言ってみれば、それくらいだ。

害というほどの害でもない。

それなのに、ネイサンは進むほうを選んでしまった。

おそらく、彼自身が、長旅で少し疲れていたからだろう。正直、探しものを見つけられるなら少しでも早く見つけたいと、焦《あせ》っていた。

だが、そういう己の身勝手さが、このような結果をもたらしたのだ。

それを思うと、ネイサンは自分が許せない。

そんなネイサンをいたわしげに眺《なが》め、レベックが諭《さと》すように応じた。

「ご自分を責めないでください、ネイサン。彼らの非道さに対し、貴方《あなた》が負い目を感じる必要はないですし、貴方のせいでないことは、ここにいるみんなもわかっていますよ」

「……それはそうだが」

助手の真摯《しんし》な慰《なぐさ》めを受け入れかけたネイサンだったが、そこでふと気づいて訊き返す。

「——みんな？」

レベックは、今、たしかに「ここにいるみんなもわかっていますよ」と言ったが、その「みんな」とはいったいどこの誰なのか。

文脈からして、「被害を受けた植物たち」ということになりそうだが、だとしたら、なぜ、レベックに彼らの気持ちがわかるのだろう。

もちろん、ただの比喩《ひゆ》と言えばそれまでだが、その割に、口調に確信めいたものがあった。

遅まきながら、そのことがとても気になったネイサンだったが、その時、ハッと警戒するようにあたりを見まわしたレベックが、「……そろそろ、移動したほうが」と言い出したので、ネイサンも目の前のことに集中する。

ぐるりとあたりを見まわして、踏み出す方向を見定めようとしていると、レベックに呼ばれた。

「――ネイサン、こっちのほうがいいそうです」

「『いいそう』？」

伝聞形式で言われたことに、ふたたび引っ掛かりを覚えたネイサンが、こんな時ではあったが確認する。

「だから、なぜ、そんなことが君にわかるんだい？」

「えっと、それは――」

レベックが答えようとした時だ。

木々の間で、銃口が光った。

それを目の端でとらえたネイサンは、「レベック！　伏せろ！」と叫ぶのと同時に、彼を庇《かば》うように動いていた。

次の瞬間。

熱帯雨林にパアンと乾いた銃声が響き、近くにひそんでいた南国の鳥たちが一斉《いっせい》に飛び立った。

バサバサバサバサッと。

激しい音が、あたりを包み込む。

それと一緒に、バキバキ、ザザザという木々をなぎ倒して大きなものが落下する音がした。

勢い余ったネイサンが、レベックとともに崖《がけ》から飛び出してしまったのだ。

「うわああっ」

谷底へと続く急な斜面を滑《すべ》り落《お》ちながら、ネイサンは「まったく」と走馬灯がまわるようにぐるぐると様々なことを思い出していた。

中でも、特に出資者のことだ。

ことの発端はすべて、この旅の出資者である男の、なにげない一言にあった——。

2

これより、十ヵ月ほど前のことである。

デボンシャーにある著名《ちょめい》な城の温室で、第六代ロンダール公爵であるウィリアム・スタイン・ロンダールが紅茶のカップを傾けながら呟いた。

「——青い蘭が欲しい」

待降節《たいこうせつ》に入ったこの時期、外は完全に冬の寒さとなっているが、温室の中は暖かく、ガラス張りの室内の一角に設《もう》けられたテーブルのまわりには、南国の花々がこれでもかというほど咲き誇《ほこ》っていた。

その数、数百。

赤。

オレンジ。

黄色。

白、ピンク、紫。

なんとも色鮮やかで、これだけの花を揃《そろ》えておきながらまだ違う花を欲するかと思い、そばで同じように紅茶を飲んでいたネイサンは、片眉《かたまゆ》をあげて友人の顔を見やる。

栗色の髪にウィスキーブラウンの瞳。

典型的なアングロサクソンの顔立ちをしたウィリアムは、ネイサンほどの美貌《びぼう》は持ち合わせていないが、洗練された物腰の美丈夫《びじょうぶ》だ。

二十代後半になっても特定の恋人を作らず、異性との恋の駆け引きよりは植物を鑑賞することを好む変わり者であるが、それを補って余り有る才能とカリスマ性を備えているため、彼が言えば、多少の無茶はまかり通る。

そのいい例が、この温室だ。

花の種類もさることながら、その広さと言ったら、ゆうに恐竜が飼えるだろう。そのうち、植物に飽《あ》きた青年公爵が、トラやアナコンダを飼うなどと言い出しやしないかと、ネイサンはヒヤヒヤさせられる。

そんな巨大な温室には、これまた巨大な人工池があり、熱帯性の睡蓮が恐ろしいほどの勢いで咲いている。

(ここは、本当に冬の英国か――?)

そんな疑いを持ってしまうほど、この温室は別世界だ。

ただ、ざっと見てもわかる通り、今現在、温室を飾る花の色には圧倒的に青が欠けていた。

それこそ、広大な敷地内に咲く自生の花には青い色も多いのだが、温室内には少ない。

それが、この瞬間、公爵様のお気に召さなかったのだろう。

「知っての通り」

黙っているネイサンをそのままに、ウィリアムが勝手にしゃべり続ける。

幼馴染《おさなな じ》みである二人の関係は、ウィリアムが公爵になった今でも、対等だ。だから、ネイサンはおべっかも使わないし、適当な相槌《あいづち》も不要だと思っていて、ウィリアムのほうでも、そんなものははなから望んでいなかった。

「僕が公爵位を継いだ年、インドの山奥から我が大英帝国にある花が届けられた。青い美しい蘭だ。――とは言っても、君はこの地にいなかったから知らなくても仕方ないが、その蘭がこれってわけさ」

言いながらウィリアムが指で示したのは、テーブルのかたわらのイーゼルに立てかけられた植物図譜《ずふ》だ。二つ折りの大判フォリオで、その大きさから、のちに学者たちがこぞって扱《あつか》いに困ると不平を漏らすことになるこの図譜には、手彩色《てさいしょく》の美しい花のイラストが、これでもかというほど入っていた。

そこに、青い蘭の絵もあるのだ。

ウィリアムが、自慢する。

「な、圧巻だろう」

チラッと見やったネイサンが、「ああ」と応じ、花の名前をあげながら続ける。ウィリアムが自慢したいのは植物図譜のほうだとわかっているが、ネイサンの興味はあくまでも花のほうにあった。

「『バンダ・セルレア』だな。以前、オックスフォードの植物園で、スケッチを見せてもらったことがある。——もちろん、これほどきれいではなかったけれど、それなりに興味深かったよ」

「当然さ。いちおう、こっちは、今世紀最大最上の植物図譜にするつもりだからな」

あくまでも図譜自慢をするウィリアムに対し、若干趣旨《じゃっかんしゅし》をずらしたまま、ネイサンが言う。

「もの自体は、一八三七年にインドのアッサム地方でウィリアム・グリフィス博士が発見しイギリスに送ったものの、他の例にもれず枯れてしまい、以来、同じものはまだ見つかっていない。そのため、コレクターたちの垂涎《すいぜん》の的の一つとなっている蘭だ」

「その通り」

ようやく蘭の話題に集中し始めたウィリアムが、パチンと指を鳴らして、「さすが、ネイトだ」

と褒《ほ》める。

「なんでも、よく知っている」

「そりゃ、僕は植物学者なのだから、これくらい、別に褒められるほどのことではないが……、でも、そうか」

つまらなそうに言い返したネイサンが、考え込みながら改めて絵に見入る。

この花が発見された当時、南米を探検中だったネイサンは実物を見ることができず、あとから話を聞いて、とても残念に思っていたのだ。

そんなネイサンを見やり、ウィリアムが「今まで秘密にしてきたが」と得意げに言う。

「君の功績を後世に残す意味もあって、今、こうして花の図譜を作成させているところだ。――その名も『ロンダール・ボタニカル』」

「『ロンダール・ボタニカル』？」

「ああ。副題として『公爵家のいとも香《かぐわ》しき南国の花園』とつけるつもりだが、当然、大部分を占めるのは君があちこちで採取した花だから、のちのち、君の冒険譚《たん》もまとめて文章部分に入れることになるだろう」

「ふうん」

たいして嬉しそうでもなく応じたネイサンが、「そうか」と美しい花の絵に見入ったまま、つぶやいた。

「『バンダ・セルレア』ねえ。——これは、たしかに、探しに行く価値はありそうだな」

それから、およそ一ヵ月後。

ネイサンは、レベックとともに英国の港から船出した。

目指すは、東洋の神秘の国だ。


そうして勇んでやってきたものの、結果はこの通り無残なもので、意識を失う寸前、ネイサンはレベックを連れてきたことを後悔した。

若い彼を、こんなところで死なせるなんて——。

ネイサン自身は、どこで命を落とそうと、それが己の宿命だと思っている。

自分で選んだ道だ。

後悔はない。

だが、レベックは、ただネイサンに言われるがままついて来てしまっただけで、野辺に骸《むくろ》を晒《さら》すような死を迎えることになるとは夢にも思っていなかっただろう。

（……すまない、レベック）

声にならない声で詫《わ》びたネイサンは、しばらくして、ついに意識を手放した。

その身体から、血がドクドクと流れ出す。

——ネイサン⁉

遠くでレベックの声がしたが、ネイサンが意識を取り戻すことはなかった。

3

ロンドン近郊にあるウィンザー城では、待降節を迎え、ヴィクトリア女王と夫君《ふくん》であるアルバート公による晩餐会《ばんさんかい》が催されていた。

ドイツ生まれのアルバート公は、故国の伝統であるクリスマスツリーを持ち込んだことで宮廷人たちの間で話題になっているが、今宴はその豪華で美しい木の芸術品を彼らにお披露目《ひろめ》するための晩餐会でもあった。

きらびやかなシャンデリアが照らす大広間。

お盆の上にグラスを並べて行き交う給仕たち。

なにより、今日のメインである金、銀、赤、青など色とりどりの玉飾りや煌《きら》めくロウソクで装飾されたモミの木は、人々を圧倒する美しさで、夫をこよなく愛するヴィクトリア女王が、とても得意げであるのもわかるというものである。

そんな中、着飾った紳士淑女に混じってその場に立っていたウィリアムは、愛想というものをどこかに置き忘れて来たかのように、先ほどからどことなく不機嫌そうであった。

それにもかかわらず、彼に向け、周囲のご婦人たちからは熱い視線が寄せられている。適齢期の独身公爵ということで、誰もがその妻の座に興味津々《しんしん》なのだ。

だが、ウィリアムの心を占めているのは、胸元が広く開いたドレスを着た美しい貴婦人ではなく、いっこうに届かないインドからの報告についてだった。ゆえに、無意識に目が合った女性が意味深な視線を送ってきても、今の彼にはこれっぽっちも響かない。

(いったい、あいつはなにをしているんだ――)

彼は、苛立《いらだ》ちを覚えながら考える。

青い蘭を求めてネイサンが出航して、そろそろ一年が過ぎようとしている。

正確には十ヵ月ほどだが、半年を過ぎれば、ウィリアムにとっては一年とほぼ同じだ。とにもかくにも待ち遠しいいし、そろそろ帰国の途についてもいい頃であるはずが、いっこうに連絡がない。

あれで案外まめなネイサンは、出資者であるウィリアムへの報告を怠《おこた》ることはなく、いつも可能な限り定期的に連絡を寄こしていた。

だが、ここしばらくはなんの音沙汰《おとさた》もなく、ウィリアムは気が気ではない。

たしかに、最後の手紙には、これから山間部の熱帯雨林に入るので、しばらくは連絡ができないだろうと書いてあった。書いてあるにはあったが、それにしたって限度があろうというものだ。

それでも、最初の二ヵ月くらいは、ウィリアムもあまり気にしていなかった。そんなこともあろうかと、他にやることもあって、そっちに集中することができた。

だが、三ヵ月目に入っても連絡がなく、しだいにウィリアムは心配になってくる。ネイサンのことだから、多少の困難には打ち勝つだろうが、密林にはどんな危険が潜んでいるかわからない。

(ネイトに限って、命を落とすなどということは絶対にないはずだが……)

なんだかんだ、昔からネイサンは万能の人だった。

ウィリアムが、彼になら己の命も預けられると見込んだ人材である。

ただ、唯一気がかりなのは、今回、ネイサンがレベックを助手として同行したことである。

当然、ウィリアムは渋ったが、今後のためにも、彼に広い世界を見せてやりたいと頼まれ、半ば押し切られる形で許可を出したのだ。

(まさか、それが仇《あだ》になったか――)

ウィリアムは、後悔している。

それでなくても危険が多い冒険旅行に、素人《しろうと》同然の人間を伴《ともな》うなど、考えたら自殺行為に等しい。

ネイサンは、昔から、身分に関係なく、才能があればチャンスは与えられて然るべきだと考えてきた人間で、近いうちに、レベックを大学に行かせるつもりでいるのはわかっていた。

その前段階として、レベックが大学で肩身の狭《せま》い思いをしなくて済むようにと、ふつうに学歴を積んだだけの学生には絶対に真似できない、広い世界での得難《えがた》い経験を積ませてやろうという考えのもとでの同行だったのだろう。

(まったく、昔からやたらと面倒見のいい人間だったが、時と場合を考えろというもんだ)

だいたい、「比類なき公爵家のプラントハンター」というからには、ウィリアムのためだけに存在していればいいのに、ネイサンは誰にでも優しく、誰からも頼られる。

それが誇らしくもあり、苛立たしくもあるウィリアムだ。

(ああ、くそ)

唇を引き結んで「やれやれ」というように首を横に振ったウィリアムに対し、その直前に秋波を送っていた貴婦人の一人が傷ついたように顔を歪《ゆが》めてその場を立ち去った。おそらく自分の送ったサインに対する拒絶と思い込んだのだろう。

己がそんな罪作りなことをしているとはまったく気づいていないウィリアムに対し、その時、横合いから声がかけられた。

「ロンダール公」

振り向くと、そこに壮年の紳士が立っていた。中肉中背で髪とひげに白髪が混じる、目つきの鋭い男である。

「これは、ソールズウッド卿《きょう》」

ウィリアムが、軽く警戒心をもって答えた。

ソールズウッド卿は、現ソールズウッド侯爵の弟で、ロンドン首都警察《スコットランド・ヤード》の警視総監を務めている。

ウィリアムがつい警戒心を抱《いだ》いてしまうのは、この一族とロンダール家は昔から折り合いが悪く、事あるごとに対立してきたからだ。

それは今も継続中で、若くして爵位を継いだウィリアムに対し、ことあるごとに難癖《なんくせ》をつけてくるのがソールズウッド家の人間で、目の前の男はその急先鋒である。

ウィリアムが続ける。

「珍しいですね、そちらから声をかけてくださるとは」

「なにを言うか。こう見えて、私はいつだって、若い君や君の友人のことを心配しているんだよ。口やかましくあれこれ言うのは、ほら、なんだ、そう、『老婆心』というやつさ」

気安く言われるが、それがむしろ不気味だった。その笑顔の裏にどんな魂胆《こんたん》が隠されているのか、正直、わかったものではない。

（な〜にが、『老婆心』だ、古ダヌキめ）

内心で思いながら、ウィリアムも負けずに笑顔で応じる。

「もちろん、わかっていますよ。いつもご親切にご教授くださりありがとうございます。——

ただ、一つわからないのは、僕の友人というのは、誰のことでしょう?」

植物好きの変わり者として知られるウィリアムだが、決して頭は悪くなく、今も相手の意図を察して訊《き》き返《かえ》した。この挨拶《あいさつ》がただの挨拶でないことくらい、重々承知している。

案の定、ソールズウッド卿は、危険な光をその瞳に宿しつつ「それは」と答えた。

「もちろん、君のところのプラントハンターのことだよ。ネイサン・ブルーといったか」

とたん、ウィリアムの顔から作り物の笑みが消える。今の彼に、その名前はタブーであった。

声のトーンを落として、ウィリアムが訊き返す。

「――彼が、どうかしましたか?」

「おや、当然君の耳にも入っているものと思っていたが、その様子だと、もしかして知らないのかな?」

「だから、なにを――」

つい声を荒らげてしまったウィリアムを、周囲の人間がちらっと咎《とが》めるように見る。

そんな彼の失態を小気味良さそうに眺めやり、ソールズウッド卿が恐ろしいことを告げた。

「なんでも、インド総督府《そうとくふ》にいる私の知り合いの話では、公爵家の名を振りかざす生意気なプラントハンターが、密林で先住民の一派に襲われ、谷底に落ちて亡くなったということのようだが、そうか、知らなかったとはね」

「――なんですって⁉」

みるみる蒼褪《あおざ》めていくウィリアムに対し、ソールズウッド卿が、あくまでも楽しげに「気の毒だが」と付け加えた。

「『比類なき』などと豪語した割に、その最期《さいご》はあっけなかったようで、とどのつまりは『比類あった』ってことだな。もっとも、朗報もあって、君が彼に探させていた『バンダ・セルレア』は、私が遣《つか》わしたハンターたちが見つけ出して送ったそうだから、なんなら、亡くなった友人への手向《たむ》けとして、君にも一株分けてやるよ。――墓前に供《そな》えてやったら、その男も喜ぶだろう」

それだけ言うと、ブルブルと震えながら顔面蒼白になって佇《たたず》むウィリアムをその場に残し、ソールズウッド卿は軽い足取りで歩き去った。

4

「なんで、誰も知らないんだ⁉」

言葉と同時にガッシャンとガラスの割れる音がする。

ウィリアムの投げつけたコップが、壁に当たって砕《くだ》けた音だ。

そんな暴挙に対しても、そばに控《ひか》える家令のグリーンフィールドは顔色一つ変えず、砕けたガラスにチラリと視線をやっただけで厳《おごそ》かに告げた。

「早急に調べさせておりますが、なにぶんにも情報が錯綜《さくそう》しておりまして」

「そんなことはわかっている！　だから、とっとと誰かをインドにやれと言っているんだ！」

彼にしては珍しく、口調荒く怒鳴りつける。

だが、それもこれも、彼がなによりも大事にしているネイサンの安否確認であれば、誰も文句は言えずに、ただうなだれるばかりだ。

ウィリアムほどではないにせよ、ネイサンのことをよく知る使用人たちも、今回の件では不安を隠せない。

早く見つかって、欲しい。

それは、この城にいる誰もが願うことであった。

ウィンザー城から戻ってすぐ、ウィリアムは自分の使える伝手《つて》をすべて使ってネイサンの行方《ゆくえ》を追わせているが、一週間経《た》った今も、いっこうに足取りがつかめない。

晩餐会からの帰り際、ヴィクトリア女王自身も、ウィリアムとウィリアムの親友であるネイサンの身を案じ、出来ることはなんでもすると確約してくれた。

だが、対策を取ろうにも、とにかく情報が出てこない。

手紙にあったように密林に入ったくらいまでは色々と話題も出てくるのだが、そこから先はぷっつりと足取りが途絶えてしまっている。

（まったく、どうなっているんだ⁉）

叶《かな》うことなら、今すぐウィリアムがインドまで飛んで行って、あちこち聞いてまわりたいくらいである。

もっとも、そんなことをしなくても、彼の持つ情報網は盤《ばん》石《じゃく》であるため、素人のウィリアムが動きまわるよりはるかにいい仕事をするはずだ。

それなのに、何の情報も出てこないとなると、逆に、ソールズウッド卿が、なぜネイサンの動向を知っていたのかが、わからなくなってくる。

（……もしかして、あの男）

ウィリアムは、勘繰る。

ソールズウッド卿は蘭愛好家として有名で、しかも、そのやり方がかなり手荒だともっぱらの評判であった。そんな彼が、ネイサンが探しにいった「バンダ・セルレア」を手に入れたというのも、随分《ずいぶん》と都合のいい話といえよう。

もしや、天下のネイサン・ブルーが動き出したのを知り、密《ひそ》かに情報を集めて、横取りしたのではないか。その際、彼が送り込んだ者たちが、ネイサンに危害を加えなかったと、どうして言い切れる？

（もし――）

ウィリアムは、拳《こぶし》を握りしめて思う。

（奴らがネイトになにかしたのだとしたら……）

今度ばかりは、彼も黙ってはいられない。

険《けわ》しい顔で彼が考えていると、部屋の扉口に現れた従者が家令のグリーンフィールドを呼び、その耳元で告げられたことを、グリーンフィールドが改めてウィリアムに報告した。

「ご主人様。階下に、ご友人のハーヴィー様がいらしているようですが、お通ししてよろしいでしょうか?」

そこで握りしめていた拳を解いたウィリアムが、溜息とともに答える。

「――ああ、通してくれ。待っていたんだ」

ロンドンで「ハーヴィー&ウェイト商会」という種苗業を営《いとな》むドナルド・ハーヴィーは、ウィリアムやネイサンの学生時代からの友人の一人で、ウィリアムとは少し違った方面に顔が利《き》く。

そこで、彼には独自路線で、ネイサンの消息についての情報を集めてもらっていたのだ。

「よお、ロンダール」

「ハーヴィー、いいから、入ってくれ」

挨拶する間も惜しむように、ウィリアムが訊く。

「それで、なにか情報はあったか?」

「いや」

勧められる前にドカッとソファーに腰をおろしたハーヴィーが、疲れた様子で首を横に振る。

黒髪に紺色の瞳を持つハーヴィーは、どこかエキゾチックな雰囲気を持つ洒落者《しゃれもの》で、ふだんは人を食ったような言動を取りがちだが、さすがに今はそんな様子はなく、眉間《みけん》に皺《しわ》を寄せて言い返した。

「ネイトの情報はまったくつかめないが、そもそも、本当に彼の身になにかあったのか？　単に、密林の中をうろうろしていて、連絡が取れないだけでなく？」

「さてね」

両手を開いて応じたウィリアムが、「それがわからないから」と続ける。

「こうして必死に情報を集めているわけだが」

「まあ、それはそうか」

二人の間に、重い空気が漂《ただよ》った。

ハーヴィーは、仲間内ではずば抜けて世事《せじ》に長《た》け、情報収集能力も高い。その彼にもなにもつかめないとなると、ほとんどお手上げということになってくる。

ウィリアムからウィスキーのグラスを受け取りながら、ハーヴィーが「で」と尋ねる。

「話を整理するが、あんたに絡んで来たのは、ソールズウッド卿だったな？」

「ああ」

「侯爵ではなく、ロンドン首都警察の警視総監のほうの」

「そうだ」

そこで考えるようにグラスに口をつけたハーヴィーが、「だとすると」と推測する。

「あまり、いい結果は望めないかもしれないな。波止場《はとば》の連中にもそれとなく訊いてみたが、まあ、彼に関していい話は出てこない。相当あくどい人間だ」

「わかっている」

フウッと息を吐きつつ応じたウィリアムに、ハーヴィーが、「とはいえ」と、まだ目の前の現実が受け入れられないというように言った。

「相手は、あのネイトだぞ。並《な》み居《い》る上級生を相手に、海賊ゲームで無敗を誇った彼が、こんなに早く死ぬなんてことがあると思うか？」

「わからないが、あるかもしれない」

「本当に？」

ハーヴィーが、グラスを持った手を動かして言う。

「孤立無援で敵陣の真ん中に落ちたのに、誰一人、彼を捕まえることができなかった、我らが英雄ネイサン・ブルーだぞ？」

「そうだな」

その一瞬、昔のことを思い出したのか、少しだけ笑みをこぼしたウィリアムが、「だが」とすぐに表情を翳《かげ》らせた。

「これは、学生のゲームなどではなく、現実の世界で起きている話だ」

とたん、ハーヴィーが舌打ちして、グラスをグイッとあおった。

どうあっても、希望が見いだせない。

遠い異国の地で、いったいネイサンの身になにが起きたのか。

豪奢《ごうしゃ》な応接室にいる二人の間に、これまでにないほど重い沈黙がおりた時だ。

ハーヴィーと入れ替わる形でその場を辞していた家令のグリーンフィールドが、今度は銀のお盆に丸まった小さな紙片を乗せて応接室に入ってきた。

「少々よろしいでしょうか、ご主人様」

「なんだ？」

「実は、ご主人様宛てに、インドからメッセージが届いたようでございます」

「——なに⁉」

とっさにハーヴィーと顔を見合わせたウィリアムが、飛びあがるように立ちあがって、ずかずかと近づきながら尋ねた。

「インドの誰からだ？」

「それが、『レベック』と名乗る者からだそうで」

「レベック！」

ハーヴィーと異口同音に叫んだウィリアムが、丸まった紙片に飛び付いた。ハーヴィーもウィリアムの背後から覗《のぞ》き込《こ》むようにしてメッセージに食いつく。

だが、字が小さくてよく読めなかったのか、彼の前でジッと書面に見入ったまま何も言わないウィリアムに、苛立たしそうに尋ねた。

「おい、ロンダール、彼はなんだって？」

だが、すぐには答えが返らず、彼は重ねて尋ねた。

「なあ、聞いているのか。レベックは、なんて言って寄こしたんだ。ネイトは無事なのか？」

すると、理解に苦しむような表情をして顔をあげたウィリアムが、首をかしげながら手にした紙片をハーヴィーに渡し、ようやく答えた。

「それが、答えたくても、これだけではさっぱり状況がわからなくて答えようがなかったのだが、一つだけ明らかなのは、どうやらレベックは、船をご所望のようだ」

「——船？」

ウィリアムの言っていることの意味がわからなかったらしいハーヴィーが、もどかしそうに渡された紙片にざっと目を通した末に、やはりウィリアムと同じように首をかしげ、不思議そうにそこに書かれた文言《もんごん》をつぶやく。

「——モトム、フネ？」

互いにキツネにつままれたような表情をしたまま、ふたたび顔を見合わせた二人であったが、それでもようやくつかんだこのわずかな情報を生かすべく、すぐにそれぞれできることをするために動き出した。

5

ネイサンは、夢うつつに不思議な光景を見た。

一面を覆う花畑。

そこに、彼は横たわっている。

南国のむせ返るような花の香り。

湿り気のある暖かな大気。

それで、彼は、すっかり、自分たちが無事母国イギリスに戻り、ウィリアムの城の温室にいるのだと錯覚《さっかく》した。

(なんだ、良かった。無事だったのか)

当然、レベックも無事だろう。

とはいえ、可哀《かわい》そうに。

自分のせいで、怖い思いをさせてしまった。

彼は、どこにいるのだろう。

そう思って首を巡らせた先に、レベックの姿があった。

相変わらず、どこか神秘的な姿で花の中にたたずみ、蔓の這《は》う大きな木となにか語り合っている。

（——あ、いや、そうではない）

ネイサンは、ぼんやりとした意識の中で、自分がバカみたいな発想をしたことに笑ってしまう。

木と語り合うなんて、なぜ、そんなことを考えたのか。

たしかに、たまにレベックを見ていて、そんな幻想に囚《とら》われることもあったが、事実は違うに決まっている。

ただ、今の場合、レベックが誰かと話しているのは間違いないらしく、ぼそぼそとした話し声が、かすかにネイサンの耳に届いていた。

（……レベック）

彼は、助手の名前を呼んだが、声には出せていないようだ。

身体がだるく、まったく力が入らない。

（……レベック）

なんとか声を出そうとするが、やはり声は声にならず、そのうちレベックの話す声だけがかすかに聞き取れるようになってきた。

「……わかっています」

レベックが言う。

「あの方の命を助けてくださるのなら、僕はなんでもしますから、どうかお願いです、彼を助けてください」

いったい、レベックはなにを頼んでいるのか。

(誰の命乞《ご》いをしている?)

レベックが続ける。

「――同感ですよ。彼は報《むく》いを受けるべきだ」

思いの外《ほか》強い声に戸惑ったネイサンが、必死で語りかける。

(……なあ、レベック。僕の声が聞こえないか。いったい、君は誰と話しているんだ?)

すると、ふいに振り返ったレベックが、金茶色の目を細めてホッとしたように近づいて来た。

それから、ネイサンのそばに跪《ひざまず》き、額に手を置いて語りかける。

「ネイサン。大丈夫ですよ。だから、貴方は何も考えずに休んでいてください。――ここにいる花たちが、貴方の傷を癒《いや》してくれます」

(……花が?)

不思議に思ったネイサンだが、それ以前に別のことが気になって尋ねる。

(もしかして、ここはリアムの城ではないのか?)

ここが彼の温室と思ったのは間違いで、彼らは母国に戻ったわけではないのかもしれない。

だが、だとしたら、ここはどこなのか。

ネイサンにはわからないことだらけだったが、その時、横たわる彼の下から大地のエネルギーのようなものが身体に入り込んできた気がして、彼はふたたび目を閉じた。

それはとても心地よく、まるで天国にある癒しの泉にでも浸《ひた》っているような安心感だった。

そうして、ふたたび意識を手放したネイサンが次に目を覚ました時、彼は、見知らぬ家の粗末な藁《わら》の布団の上に横たわっていた。

(……ここは、どこだ?)

かなりはっきりした意識で思ったネイサンが、ひとまずゆっくり腕を動かしてみると、軋《きし》む感じはあったものの、それは問題なく動いた。

どうやら、生きているらしい。

そのことに、まずはホッとする。

が、それも束《つか》の間《ま》、今度は時間の感覚がまったくないことや自分がどこにいるかがさっぱりわからないことに、ネイサンは改めて不安を覚えた。

いったい、なにがどうなっているのか。

自分は、どうなってしまったのか。

そして、これからどうすればいいのか――。

山積みの問題を前に、ネイサンが苦悩していると、ふいに部屋の扉代わりとなっている蓆《むしろ》があがり、誰かが入ってきた。

ハッとして身構えたネイサンだが、現れたのは他でもないレベックで、レベックのほうでも意識を取り戻したネイサンに気づき、嬉しそうに近づいてきた。

「ネイサン！」

「――レベック」

「良かった、目を覚ましたんですね？」

「ああ」

うなずいたネイサンが、半身を起こしながら訊き返す。

「というより、僕は、それほど長く眠っていたのかい？」

「そうですね。時折目を開けたりしつつでしたが、あれからもう一ヵ月以上になります」

「――そんなに⁉」

驚いたネイサンが、「それで」とあたりを見まわしながら事情を問う。

「ここは？」

「山間《やまあい》の村です。みんな親切な方ばかりで、なんの心配もいりませんよ。それに、ちょうどイギリスに戻るための船の手配もしてきたので、あとは、その返事が来るのを待ちながら貴方の体力の回復を見計らって、山を下るだけです」

第二章　今どきのロンドン事情

1

大英帝国の首都、ロンドン。

舫《もや》い綱《づな》が絡み合う河岸《かし》に降り立ったネイサンは、あたりを見まわして感慨《かんがい》深く思う。

（……変わっていない）

前回この地を発《た》ってから、今日までに一年と半年近い月日が経《た》っているというのに、ここはなんら変わることなく、富と貧困の入り乱れた殺伐《さつばつ》さに満ちていた。

潮の香りと腐った魚の臭《にお》い。

そこここで怒鳴り合う苛立《いらだ》った人々。

立ち止まってしばらくあたりを見ていたネイサンは、ガラガラと音を立てて通り過ぎた荷車にハッとして振り返り、ややあって背後のレベックに言う。

「ああ、レベック。悪いけど、積み荷の確認を――」

だが、みなまで言う前に大きな木箱を抱《かか》えて降り立ったレベックが、「はい、ネイサン、今、確認してきます」と言いながら脇を追い越し、抱えていた木箱を地面に降ろして告げる。

「ですから、なにも心配なさらずに、貴方《あなた》はここに座って休んでいてください。――帰りしなに、どこかで辻《つじ》馬車を拾ってきます」

「……ありがとう」

もう傷は癒《い》えていて体力もすっかり戻っているので、そんな風に病人扱《あつか》いされるいわれはないのだが、この航海ですっかり自信をつけたらしいレベックのどこか頼もしく見えるようになった後ろ姿を見送りながら、ネイサンは小さく肩をすくめ、言われた通り、木箱の上に座り込む。その木箱は、他の積み荷とは別にして、航海の間中、レベックの管理下におかれていたものである。

つまり、体《てい》よく荷物番を押しつけられたのだ。

溜息をついたネイサンは、仕方なく、暇《ひま》つぶしにインドの総督府《そうとくふ》で手に入れたフランス語の本を読み始める。

そんな彼のまばゆく輝く金髪を、海風がさらさらと揺らしていた。

基本、一匹狼《おおかみ》の性質を持つネイサンだが、ここしばらくレベックと密に過ごした時間を考えると、案外相棒を持つのも悪くないように思える。

それには、レベックの距離の取り方が絶妙というのもあるのだろう。

決してまとわりつくことはないが、必要な時にはすぐ近くにいてくれる。時々、こちらの考えていることがわかるのではないかと錯覚《さっかく》するほど、彼は人の心のうちを読むのがうまい。

それは社会を生き抜いていく上で得難《えがた》い資質で、どうにもこうにも、将来が楽しみな青年だった。


一方。

そのレベックはというと、船から降ろされる積み荷の確認をするために押し合う人々の輪に入って行く。みな、その手に引換証を握りしめ、なんとか早く手続きを済ませてここを出ようとしているのだ。

そんな殺気だった男たちの群れであれば、ともすれば、殴《なぐ》り合《あ》いの喧嘩《けんか》にも発展しかねない。

だが、レベックはうまく隙をついてすんなり手続きを終えてしまうと、さっさと積み荷がある場所へとやってきた。

「ああ、あった。これだ、これ」

目当てのものを見つけ近寄ったレベックは、その時、ふいに積み荷の陰から現れた男とぶつかりそうになって、声をあげて驚いた。

「わっ！」

とっさに身体を引いて避けたレベックの脇を、男が全力疾走《しっそう》ですり抜けていく。

中肉中背。

亜麻《あま》色の髪をした線の太い男だ。

(……なんだ?)

最初は驚いて、ただただ茫然《ぼうぜん》としてしまったが、しばらくして我に返り、慌てて積み荷を確認する。身なりのいい様子からして、盗人には見えなかったが、念のため、盗《と》られたものがないかチェックする必要があると思ったのだ。

幸い、特に荒らされた形跡はなく、ひとまずレベックはホッとする。

そこに積まれたものはすべて、ネイサンとレベックが今回の航海で蒐集《しゅうしゅう》してきた植物たちで、その殆《ほとん》どが、チジックやデボンシャーにあるロンダール公爵家の城の庭に植えられる運命にあった。

ただし、そのうちのいくつかは、乾燥標本としてキュー王立植物園のインデックスに収まり、永遠に保管されることになるだろう。

そこで、レベックは、それらの荷物を波止場《はとば》で待機していた公爵家の運搬人《うんぱんにん》に引き渡し、残りは人を雇ってハマースミスのブルー邸に運ぶ手配をすると、大通りで辻馬車を拾ってネイサンの待つ場所へと戻って行った。

これで、ようやく家に帰れるわけだ。

ハマースミスにはすでに使いをやってあるため、長い航海を終えて戻った主人の到着を、家令兼執事のバーソロミューを始めとする使用人たちが、今か今かと首を長くして待っているだろう。

波止場までは入れないため、拾った辻馬車を一旦《いったん》近くの路地で待たせてネイサンを迎えに走ったレベックは、やっとのことでネイサンと合流し、辻馬車のあるほうへと歩き始めた。

歩きながら、言う。

「バーソロミューさん、お元気ですかね？」

「そりゃ、元気だろう」

答えたネイサンが、続ける。

「彼が元気ではないところを見たことがない」

「料理人のステラさんは、お元気ですかね？」

「元気だろうな。——味見のし過ぎで太ってないといいが」

前にジャガイモと別の塊茎《かいこん》を取り違えて以来、彼女は特に味見には念入りになっているそうなのだ。

「庭師のアーチーさんは、お元気でしょうか？」

「まあ、手紙になかったから、元気なんだろう。……持病のリュウマチが悪化していなければの話だが」

「それなら、フレッドやミーアは――」

話題がブルー邸で買われている犬や猫の名前になったところで、ネイサンが早めに答えた。

「たぶん、みんな、まとめて元気だ」

どうやら、レベックはブルー邸の人たちが大好きであるらしく、久々に会えるのが嬉しくてしょうがないようだ。

ネイサンが、そんなレベックをチラッと見て苦笑する。

その後も、夕食のことなど、他愛《たわい》ない会話をしながら歩いていた二人であったが、辻馬車を停《と》めた路地に入る手前で、レベックは脇道からよろよろとよろめくように出て来た男に肩をつかまれ、驚いた。

さらに、その顔を見てふたたび驚く。

「――あ、貴方は」

レベックは、亜麻色の髪をした男の顔に、見覚えがあった。

先ほど、積み荷の陰から現れた男だ。

「おい、君――」

遅れて気づいたネイサンが横から牽制《けんせい》するように呼びかけるが、男は顔を向けずにそのままレベックに身体を預けるようにして倒れ込む。

だが、両手に大きな箱を持っていたため、レベックが支えてやれずにいると、彼はそのままずるずるとくずおれ、ついには力尽きて床に横たわった。

「わ、大変です、ネイサン！」

「ああ、わかっている」

その頃には、当然ネイサンも男の異変に気づいていて、トランクを脇に置くと、すぐに男のそばに跪《ひざまず》く。

土気色をした顔。

恐怖に見開かれた目。

触った服の下からは鮮血が流れ出ていて、ネイサンの手や服を汚す。当然、最初に接触したレベックの肩や腕、抱えている荷物にもべったりと血の跡がついている。

「おい、君、しっかりするんだ」

ネイサンはいちおう声をかけてみるが、すでに手遅れなのは明らかだ。

「——人を呼んできます」

荷物を抱えたままレベックが慌てて踵《きびす》を返すが、一足遅かったようで、すぐに近くで「ぎゃあ」と声があがり、叫んだ男がそのまま叫びながら駆けだした。

「誰か、誰か、助けてくれ、人殺しだ〜っ」

どうやら、辻馬車の馭者《ぎょしゃ》が、戻りの遅い彼らの様子を見に来たらしく、その際、とんでもない誤解が生じてしまったようである。

「――あ、嘘、違う」

木箱を抱えたまま困ったようにその後ろ姿に向かって告げたレベックだが、あとの祭りだ。

案の定、騒ぎはどんどん大きくなり、報《しら》せを聞いて駆け付けた警察官は、ネイサンの説明など頭から無視して、かなり乱暴な態度で二人を警察署へと連行した。

2

数時間後。

薄暗く陰々とした警察署に、やけに堂々とした明るい声が響き渡る。

「――おおい、ネイト！　ネイト、どこだ？　ここか？」

「比類なき公爵家のプラントハンター」が拘留《こうりゅう》されたという知らせは、巡《めぐ》り巡ってバッキンガム宮殿に伺候《しこう》していたウィリアムにも伝わったらしく、彼はとるものもとりあえず、馬車を飛ばして波止場近くの警察署へとやってきた。

ただし、大声で呼ばわりながら扉を開いて飛び込んできた彼は、椅子から立ち上がったネイサンを見て、その身を案じるというよりは、真っ先にその顔を両手でガシッとつかんで、覗《のぞ》き込《こ》みながら嘆《なげ》いた。

「ああ、なんてことだ、信じられない。君ってば、こんなにやつれて！　せっかくの美貌《びぼう》が台無しじゃないか！」

それが、一年半ぶりに生死の境を越えて帰ってきた友人に対する第一声かと思うが、慣れているネイサンは鬱陶《うっとう》しそうに顔を振ってその手を退けると、つまらなそうに言い返す。

「――は。信じられないのは、こっちだよ。君、僕の顔以外心配する気はないのかい？」

「ない」

きっぱり言い切ったウィリアムが、「心配するとしたら」とネイサンの金髪を指でつまんで続けた。

「潮風にやられてすっかり傷んでしまっているこの髪のことくらいだ」

「――冗談だろう」

「なぜ、冗談？」

真面目《まじめ》な顔で応じたウィリアムが、「そういえば、知り合いの薬剤師が」と説明する。

「髪にいい薬草の調合に成功したそうで、今、貴族の奥方の間で評判になっているそうだから、トリーに頼んで、早速取り寄せよう」

「トリー」というのは、畏《おそ》れ多くも女王陛下の呼び名で、幼馴染《おさななじ》みであるウィリアムだから呼べるものだった。そして、かようにネイサンの美貌に惚《ほ》れ込んでいるウィリアムは、昔から事あるごとに彼の顔の心配ばかりしている。

高熱を出して寝込んでも、顔。

ゲーム中に腕や背中にケガを負っても、顔。

命の危険にさらされても、心配するのは顔のことで、ネイサンは時々、自分が死んだら、この友人は、首を切り離して身体はその辺にうっちゃっておき、顔だけを蜜蝋《みつろう》にでもつけて保存する気ではないかと怖くなる。

だが、そんなことを口にしようものなら、「ああ、その手があったか」とか言って、ネイサンの寿命を無視した恐ろしい計画を実行に移しそうなので、絶対に言えない。

そんな少しずれた二人の会話を、木箱を抱えたまま椅子に座って見ていたレベックとその横に立ってもの珍しそうに眺《なが》めていた警察官が、チラッと目を見合わせてからそれぞれ小さく肩をすくめた。上流階級の人間の考えることは、自分たちにはさっぱりわからないと思っているのだろう。

警察官の態度に気づいたウィリアムが、そちらを振り返って居丈高《いたけだか》に「――で」と尋ねた。

「僕が迎えに来たからには、当然、二人を連れて帰っていいんだろうな?」

「もちろんです、公爵様《アワー・ロード》」

さすが、身分制度が徹底《てってい》している大英帝国だ。

さっきまで、レベックはもとより、ネイサンもかなり雑な扱いをされていたのだが、ウィリアムが現れたとたん、手の平を返したように丁寧なものになった。

「ありがとう。――さて、そうとなったら、こんなところに長居は無用だ。ネイト。行くぞ」

後半はネイサンに向けて言ったウィリアムが、二人を連れ出しながら「ああ、そうそう」と背後の警察官を振り返って言い残す。

「道々、彼らにゆっくりと話を聞き、その結果を踏まえて、こちらの署長にはそれ相応の礼を述べることにするから、そのつもりでいてくれ」

「――は、恐縮です」

一見和《なご》やかに思える挨拶《あいさつ》の裏には、拘留中の扱いに応じて厳格《げんかく》な申し入れもさせてもらうという脅《おど》しが含まれていた。冷や汗をかいて見送る警察官を少々気の毒に思いつつ、ネイサンはレベックとともに、波止場近くの警察署を出た。

路上には、公爵家の紋章が入った堂々たる黒い四頭立て馬車が停まっていて、主人が出てくるのに気づいた馭者がすぐに扉を開けてくれるが、その時、彼らのすぐ近くで辻馬車が急停車したため、おのおの足を止めてそちらを見る。

すると、彼らの目の前で、辻馬車から転がり落ちるように出て来た男が、「やあやあ」と大声で呼ばわった。

「そこに見えるは、我らが懐かしのネイサン・ブルーじゃないか！」

現れたのは、黒髪に紺色の瞳をした友人ドナルド・ハーヴィーで、その姿を認めたネイサンが、身体の向きを変えて相手を受け入れる。

「ドニー！」

抱擁《ほうよう》し合《あ》いながら久々の再会を喜び、身体を離したハーヴィーが「いやあ」と感慨深げに告げる。

「ロンダールの馬車が見えたんで、もしやと思ってこっちの馬車を急がせたら、ドンピシャリだった。——それにしても、懐かしい。すごく会いたかったんだ、ネイト。ほら、なんといっても、一時は、本当に死んだんじゃないかと心配させられたわけだから」

「ああ、悪かった。——でも、この通り、レベックのおかげでピンピンしている」

「そのようだな」

そこで、ハーヴィーがネイサンの背後にいるレベックに視線を移し、紺色の瞳で柔らかく笑いかけながら声をかけた。

「やあ、レベック、今回は、お手柄《てがら》だったな」

「いえ、ハーヴィーさん。——あ、その節は、大変お世話になりました」

レベックの送ったメッセージに対し、ウィリアムとハーヴィーがそれぞれ手を尽くしてくれたおかげで、まだ十分に動けなかったネイサンを山間《やまあい》の村からインド総督府のある場所まで移すことができ、さらに、ヴィクトリア女王陛下直々《じきじき》のお達しで、二人は総督府預かりとなって、その後の療養を万全の体制ですることができたのだ。

そういう意味もあって、本来ならウィリアムともこうしたやり取りをしたかったのだが、知っての通り、あまりにピンポイントで来られたため、できなかった。

ハーヴィーが言う。

「その件についてはじっくりと話を聞きたいところだが、今は急いでいてゆっくりしていられないんだ。なにせ、例の波止場で殺された男というのは、うちが雇《やと》った人間だったから」

「え、そうなのか?」

「ああ」

警察署では質問攻めにあうばかりで、ネイサンのほうからは質問できずにいたが、亡くなった男がハーヴィーの知り合いとは、本当に驚きである。

顔を見合わせるネイサンとレベックを見て、「しかも」とハーヴィーが続ける。

「君たちがそうして血みどろの服を着ているのを見る限り、二人が犯人——なわけはないから、おそらく第一発見者かなにかなんだろうが、それだって、びっくりだ」

「ああ、うん」

自分の服を改めて見おろしたネイサンが、ハーヴィーに視線を戻して続ける。

「信じてくれてありがとう。本当に、僕たちは通りかかっただけなんだ」

「わかっているし、友人という点を差っ引いても、君たちが犯人でないことくらいは容易に察しがつく」

「へえ」

意外そうに応じたネイサンが、続けて問いかける。

「ありがたいけど、なぜ、察しがつくんだ？」

「それは、君たちは、長い間ロンドンを留守にしていて、今現在、この地でなにが起きているかなんて、知る由《よし》もないだろうからな」

「……この地で？」

言っている意味のわからなかったネイサンに対し、自分の家の四頭立て馬車に寄りかかるようにして立っていたウィリアムが、「まさか」と思い当たることがあるように尋《たず》ねた。

「殺されたのは、蘭《らん》ハンターのロバート・デイルか？」

「そうだ」

認めたハーヴィーからウィリアムに視線を移し、ネイサンが驚いたように尋ねる。

「え、リアム、殺された男のことを知っているのか？」

「ああ」

応じたウィリアムが、皮肉げに笑って続ける。

「たしかに、ハーヴィーの言うように、君のいない間に、このロンドンでは色々とあってね」

すると、話を続ける前に、先を急いでいるらしいハーヴィーが「だが、まあ」と割って入った。

「その件については、あとにしようじゃないか。——どうせ君たちは、このまま、ハマースミスのネイサンの家に行くんだろう？」

「……そのつもりだけど」

チラッとウィリアムと目を見交わして応じたネイサンに、「そうしたら」とハーヴィーが言う。

「俺もこっちの用事が済み次第合流するから、続きは食事でもしながら話そう」

勝手に取り決めると、ハーヴィーは二人の返事も聞かずに警察署の階段を軽やかに駆けあがりながらウィリアムに向かって釘《くぎ》を刺す。

「だから、いいか、ロンダール。俺のいない間に、話を進めるなよ」

それに対し、ウィリアムは了承の言葉は発せず、ただその場で肩をすくめてみせただけだった。

3

一時間後。

ようやくハマースミスにある懐かしの我が家に戻ってきたネイサンを、家令兼執事のバーソロミューが慇懃《いんぎん》に迎えた。

「おかえりなさいませ、ご主人様。長旅、お疲れ様でした」

「やあ、バーソロミュー。留守を立派に務めてくれてありがとう」

「滅相《めっそう》もございません」

仕事着が似合う落ち着いた印象のバーソロミューは、滅多に感情を表すことはなかったが、さすがにこの時ばかりは喜びを隠せずにいる。

なんといっても、ネイサンが消息不明だったことは、この館で働く人々の耳にも早いうちに届いていて、誰もが心配していたし、生きていることがわかってホッとしたのだ。

それゆえ、今回の無事な帰還には感慨もひとしおであっただろうが、さすが、この道のプロフェッショナルであるバーソロミューは、すぐに普段通りの厳粛《げんしゅく》な表情を取り戻し、背後にいるウィリアムを丁寧に迎える。

「ようこそお出《い》でくださいました、ロンダール公爵様」

「うん、邪魔するよ」

そこで二人揃《そろ》って階段をのぼっていく背後では、彼らと別れて奥へ引っ込もうとしていたレベックに対し、バーソロミューが労《ねぎら》いの言葉をかけていた。

「やあ、レベック。今回は、ご苦労だったな」

「ただ今戻りました、バーソロミューさん」

そんな会話を背中で聞いたネイサンが、どこか満足そうな笑みを浮かべて、ひとまず自室へと向かう。

その後、一足先に応接室で寛《くつろ》いでいたウィリアムが、二杯目の紅茶をバーソロミューから受け取っていると、着替えを済ませたネイサンが大きな木箱を抱えて入って来て、それをウィリアムの前に置いた。ずっとレベックが抱えていたもので、波止場で付着した血糊《ちのり》は、可能な限りふき取ってあった。

顔をあげたウィリアムが、不思議そうに訊《き》く。

「なんだ？」

「ご所望の『バンダ・セルレア』だよ」

「――ああ。へえ」

紅茶を置いたウィリアムが、意外そうに身を乗り出す。

あまりに色々とあり過ぎて、もはや懐かしさしか感じない話題であるとはいえ、まさにこの蘭が欲しくて、ネイサンをインドに遣《つか》わしたのだ。

「もしかして、見つけたのか？」

「当たり前だろう。僕を誰だと思っている。――もっとも、これのせいで、死にかけたわけだが」

その言葉に反応し、動きを止めてチラッとネイサンを見たウィリアムが、それでもまずは伝説の蘭を一目見るために、箱の蓋《ふた》を取った。

中には、さらにウォーディアン・ケースと呼ばれるガラスのケースが入っていて、そこに一株、青い花をつけた蘭の花が入っていた。

取り出したウィリアムが、感動して叫ぶ。

「素晴らしい！　なんて、美しい青さなんだ！」

「ああ。僕も、最初に咲いているのを見つけた時は、感動したよ」

「そうだろうな。これが自然の中に群生していたら、それはもう、言葉に言い尽くせないくらい見事だろう。僕も、ぜひとも見てみたい」

「……気持ちはわかるが、残念ながら、その光景は、もう二度と見られないだろうな」

蘭に見入っていたウィリアムが、その言葉に顔をあげてネイサンを見る。

「――それは、どういう意味だ？」

そこで、ネイサンは、自分が襲われた時のことを話して聞かせる。

その間、険《けわ》しい表情でいたウィリアムが、聞き終えたところで、改めて怒りを爆発させた。

「燃やしただって！」

「ああ」

「こんな美しい蘭の群生を⁉」

「そうだ」

認めたネイサンが、「もっとも」と続ける。

「現場を見に戻ったわけではないから、絶対にそうだとは言い切れないが、恐らくそうだろう。僕が思うに、背後には、冷酷《れいこく》な蘭ハンターと、彼らを雇う大金持ちで身勝手な蘭蒐集家《しゅうしゅうか》がいるはずだ」

「――大金持ちで身勝手な蘭蒐集家」

繰り返したウィリアムは、そこで、ネイサンのことを最初に彼に教えたソールズウッド卿《きょう》のことを思い出す。

あの時の確信に満ちた言葉。

「そうか、わかったぞ」

「わかったって、なにが？」

訊き返したネイサンには答えず、ウィリアムは一人合点《がてん》がいったように独白を続ける。

「だから、あの男は、僕にあんなことを言ったんだな」

「あの男？」

答えがないことに焦《じ》れたネイサンが、尋ねる。

「なあ、リアム。あの男って、誰だ。――というか、君は犯人に心当たりがあるのか？」

「ある」

認めたウィリアムが、今度こそ、きちんとネイサンに向かってウィンザー城での一件を話して聞かせた。

「――というわけで、そのあとのドタバタですっかり失念していたが、彼は、あの時、たしかに『バンダ・セルレア』を手に入れたと僕に言ったんだ」

「へえ」

眉をひそめて話を聞いていたネイサンが、「それなら」と少々申し訳なさそうに続ける。

「せっかくこうして運んで来たけど、もう、この花は『伝説の蘭』ではなくなっているわけだな」

だが、それに対し、意外にもウィリアムが「――いや」と否定した。

「そうでもないぞ」

「え？」

驚いたネイサンが、「でも」と言う。

「今の話からすると……」

「そうなんだが、ソールズウッド卿の船に積まれていた蘭がすべて枯れたという噂《うわさ》を耳にしたことがあるし、なにより、その後、伝説の『バンダ・セルレア』がロンドンに届いたという話はどこからも聞こえてこないから、きっと、その噂は事実なのだろう」

「そうか」

ネイサンが、この時ばかりは、どこか溜飲が下がったように小気味良さそうにうなずいた。

「それはなんというか」

「はっ。『ざまあみろ』だよ。やはり、悪いことはできないってことだな」

「たしかに、天罰《てんばつ》かもしれない」

応じたネイサンが、「それに」と続ける。

「もしそうなら、この一株は、まさに、今のところ地球上で唯一無二の『バンダ・セルレア』ということになる」

「なるほど」

言われて、改めて感慨深げに蘭を見つめたウィリアムが、「そう考えると」と感心したように告げる。

「さすが、ネイトだ。よく枯らさずに海を渡ったものだよ。まさに『比類なき公爵家のプラントハンター』の名に恥じない働きぶりと言える」

すると、チッチッチと舌を鳴らして人さし指を振ったネイサンが、「僕ではなく」と手柄を横取りせずに告白した。

「今回に限っては、その栄誉は、ひとえにレベックにある」

「……レベックに？」

「そう」

うなずいたネイサンが、撃たれた右肩をさすりながら当時の状況を告白する。

「帰路の船の上では、まだ本調子ではなかった僕に代わり、レベックがずっとその花を傍《かたわ》らに置いて、自分の分の飲み水を少しずつ分け与えながら、過酷《かこく》な航海を乗り切ったんだ」

「――飲み水を、だって⁉」

「そうだよ」

「……それは、すごいな」

「ああ」

その話には、さすがにウィリアムも感心するしかなかった。

というのも、航海中の飲み水は死活問題に関わるため、厳正《げんせい》に配分され、なによりも大事に扱われる。

その貴重な飲み水を、レベックはこの花と分かちあったというのだ。

「だとしたら、彼に感謝しないといけない」

珍しく純粋《じゅんすい》にレベックのことを褒《ほ》めたウィリアムに対し、窓辺に立って庭園を見おろしたネイサンが、「それだけでなく」と言う。

「彼は、今回、ケガをして意識を失っていた僕のために、危険な熱帯雨林を、一人で何度も往復してくれたそうだ」

「一人で何度も？」

「そう。——もちろん、道なんてほとんどない場所だぞ。あとで聞いたら、地元の人間ですら、彼がなぜ迷わずに往復できたのか、すごく不思議がっていた」

「へえ」

納得がいかなそうに応じたウィリアムが、疑わしげに訊き返す。

「だけど、本当に、彼はそんなところを往復したのか？」

「した。——ああ、ほら、例の君の極秘の連絡網《もう》にも、彼がメッセージを送って来たんだろう？」

「——そうだった」

「それが、証拠だ」

忘れていたウィリアムが、事実を認めざるを得なくなって肩をすくめる。

まだ電信ケーブルが引かれていないこの時代に、海を越えた彼方《かなた》の情報をいち早く察知するため、ウィリアムは、各地に中継場所を持つ伝書鳩による連絡手段を密《ひそ》かに確立していた。

もちろん、一度に伝えられるメッセージは非常に短いとはいえ、その伝達率は、今のところ百パーセントをわずかに切る精度である。

それを、今回、レベックは利用したのだ。

おそらく、なにかあった場合に備えて、ネイサンから事前に教えられていたのだろう。というのも、ネイサンは、この極秘の連絡網のことを知らされている、ほんのわずかな人間の一人だからだ。

そこでウィリアムが、ずっと疑問に思っていたことを訊く。

「そういえば、あとから人に聞いた話によれば、密林で明らかに致命傷を負っていたはずの君は、なぜか、総督府に着いた時点でかなり傷が治っていて、みんな、これは奇跡だと思ったそうだが、いったいぜんたい、どこで傷を癒《いや》したんだ？」

「——ああ、それね」

ネイサンが、苦笑して答える。

「悪いけど、それは僕にも謎《なぞ》でね」

「そうなのか？」

「そうだよ。——だって、ほら、僕は、その時、意識が混濁《こんだく》するくらいの重傷だったんだ」

ただ、その意識が混濁した状態で、彼は不思議な夢を見た記憶がある。

かなりおぼろなものであるが、花に囲まれた天国のような場所で、その場に横たわっている自分がいて、しかも、なぜか傷が癒されていくように感じた夢だ。

（……あれは、いったいなんだったのか）

今もって不思議だが、もし、あれが、重傷を負ったネイサンが見たただの夢でなかったとしたら、あの場所こそが彼の傷を治したといえる。

もっとも、そのことをウィリアムに話す気にはならず、ネイサンはこのまま黙っていることにした。

ウィリアムが、残念そうに応じる。

「……まあ、そうか、そうだよな」

「とはいえ、現地の人間が言うには、インドの山奥には、『アーユルヴェーダ』という、古代から受け継がれている薬草を使った民間療法を行う人々がいるらしく、僕とレベックは、運よく、その人たちの村に辿り着き、治療を受けられたのではないかということだった」

「薬草……？」

「そうなんだ。それも、どうやら、ただ薬草を単品で使うだけではなく、彼らは数種類の薬草を調合する方法を知っているらしい」

「……へえ」

興味を示すウィリアムに対し、「もっとも」とネイサンが告げる。

「それが事実かどうかはわからないし、レベックに尋ねてみても、例のくったくのない笑顔で、『あれは、植物が治してくれたんです』としか言わないんだ」

「……植物が、ねえ」

それにはいささか反論がありそうに応じたウィリアムであったが、窓から庭園を見おろしていたネイサンは、「ただ、たしかにね」と考えに耽《ふけ》りながら言った。

「こんなことを言うと、すごく変に思われるのはわかっているけど、僕は、時々、レベックは本当に植物と話せるのではないかと感じることがあるんだ」

もちろん、そんな夢みたいな話がすんなり受け入れられるわけもなく、目を細めたウィリアムがバカバカしそうに否定する。

「そんなわけないだろう？」

「そうか？」

「ああ、絶対にあり得ないね。植物と話せるなんて、あるわけがない。——だいたい、膨大《ぼうだい》な数の植物たちが好き勝手にしゃべりだしたら、僕たち人間が静かに安らげる場所は、この地球上からなくなってしまうぞ」

「まあ、そうだけど」

あまりに素っ気《そっけ》なく否定されたため、若干《じゃっかん》むきになったネイサンが言い返す。

「だけど、君だって、かつてレベックがチューリップに妖精を呼び込むところは見ただろう?」

「あれは——」

数年前の奇跡のような夜の話を持ち出され、一瞬言葉に詰まったウィリアムが、ややあって

「言ってみれば」とふて腐れたように応じる。

「一種の集団幻覚だ」

「——は?」

なんともつまらない解釈を持ち出してきたウィリアムに対し、ネイサンが同じ言葉を繰り返す。

「集団幻覚?」

「そう」

「本気で言っているのか?」

「本気だよ。あの時は、みんなで同じ幻覚を見たんだ。——きっと、お茶に幻覚剤でも入っていたんだな」

「バカな――」

呆《あき》れたように顔をしかめたネイサンが、「幻覚剤なんて」と文句を言う。

「それこそ、我が家に限ってはあり得ない！」

さすがに、今の根拠《こんきょ》のない発言はネイサンを怒らせたと思ったウィリアムが、「ああ、わかったよ」と譲歩《じょうほ》し、「それなら」と別の説を持ち出した。

「百歩譲って、妖精がいることは認めよう。ただ、あの時のあれは、妖精が来たくて来ただけで、そこにレベックの介在《かいざい》は一切なかった」

どうやら、あくまでも妖精などのファンタジーの世界と、身のまわりにいる人間の間に線引きがしたいらしいとわかり、ネイサンも、あまり強硬に主張することはせずに、そのあたりで手を打つことにした。

「まあ、いいさ。そういうことにしておこう」

答えたネイサンがふと窓の外に視線を移すと、レベックが庭いじりの道具を抱えてやってきて、今回の航海で持ち帰った植物の手入れをし始めた。

帰ったばかりなのだから、少し休めばいいものを、彼はとても働き者であるようだ。

しかも、その顔はとても楽しそうに笑っていて、この瞬間、レベックが植物たちと意思の疎《そ》通《つう》を図っていないと、いったい誰に言い切れるだろう。

そんなことを漠然と考えていると、応接間にバーソロミューが現れ、ハーヴィーの来訪を告げたため、ネイサンは窓辺を離れ、新たな客を迎えるためにソファーのほうへと戻って行った。

4

ハーヴィーを加えての夕食の席では、このところロンドンを席巻《せっけん》しているある花に話題が集中した。

「──『カトレア・コルソニア』？」

意外そうに繰り返したネイサンに対し、手にしたナイフを軽く持ち上げて応じたハーヴィーが、「君も」と続ける。

「この謎めいた蘭についての話は、多少なりとも知っているだろう？」

話題にあがっている南米原産の「カトレア」は、大ぶりの花がなんとも美しく、大金持ちたちの間で絶大な人気を誇《ほこ》る蘭の一種だ。中でも、血のように赤い花をつけると言われる「コルソニア」は、情報が少なすぎて、幻の花と考えられている。

「ああ、もちろん、知っているよ。僕が前回の航海に出る直前くらいに、南米で新種が発見されたと騒がれたんだ。──だけど」

そこで、チラッと確認するようにウィリアムを見やったネイサンが、困惑気味に続けた。

「あれは、それこそ『伝説』どころか『幻』の花と言われていて、実物はおろか、そのスケッチだって見たことがあるという人間は限られているだろう。——僕も当時、噂を耳にして現地で少し探りを入れてみたけれど、知り合いの植物学者や現地のプラントハンター、花卉《かき》業者やその他の関係者で、見たという人間はいなかった。そのため、実は、誰かが蘭愛好家たちを騙《だま》すために仕組んだ、巧妙な悪戯《いたずら》なのではないかという話もあったくらいだ」

「その通り」

ハーヴィーが認めて、「たしかに」と続ける。

「我が大英帝国でも、なかば悪戯扱いされ、これまで本気で探そうという人間は現れなかったが、最近になってある事実が判明して状況が一変した。——そうだよな、ロンダール？」

説明していたハーヴィーが、続きを促《うなが》すようにウィリアムの名前を呼んだため、ワイングラスに手を伸ばしていたウィリアムが「ああ」とうなずいてあとを引き取る。

「実は、女王陛下の夫君であらせられるアルバート公の母国ドイツでは、『カトレア・コルソニア』は、依然、実在する伝説的な蘭として、蒐集家たちの垂涎《すいぜん》の的となっているのだそうだ」

「へえ」

興味ぶかそうに応じたネイサンが、「ああ、でも、言われてみれば」と思い出す。

「『カトレア・コルソニア』を発見したのは、たしかドイツのプラントハンターだったっけ」

「その通り」

パチンと指を鳴らしたウィリアムが、「——で」と続けた。

「そのアルバート公が、一年ほど前に開かれた王室主催の蘭の鑑賞会の席で、一枚の植物画を披露《ひろう》したことが、今回の騒動の発端になったというわけだ」

「植物画？」

「そうなんだ。そして、それこそが、他でもない、『カトレア・コルソニア』を描いた完璧な絵だったものだから、その場がざわついてね。——いや、もう、その赤い色といったら、まるで血を吸ったような赤さだった」

聞いたとたん、ネイサン自身も落ち着きを失くす。

なんと言っても、「カトレア・コルソニア」は、先にも述べたようにドイツ人のプラントハンターが、五年前に、偶然南米で発見したとされる新種の蘭であったが、運搬していた船が発見者のプラントハンターもろとも海に沈《しず》んだことから、種すら残されることはなく、完全に『幻の花』と化したのだ。

唯一、その探検隊に同行していた旅行画家だけは、彼らと帰路を共にしなかったことで生き残り、花のスケッチと原生地を示すなんらかの手がかりを残したと言われていたが、その旅行画家も、その後、密林で行方不明《ゆくえふめい》となり、以来、「カトレア・コルソニア」についての話は、一種のおとぎ話的な様相を帯びるようになった。

ネイサンが、改めて訊く。

「その『カトレア・コルソニア』の、彩色《さいしょく》された絵が残されていたのか？」

「そうだ。どうやら、そのスケッチを描いた旅行画家——たしか、名前はジョン・ブラウワーだったと思うが」

ウィリアムがうろ覚えであげた名前を、ハーヴィーが自信を持って肯定する。

「そう。ジョン・ブラウワーだよ」

「そのブラウワーが、功名心もあってだろうが、『カトレア・コルソニア』の絵を、当時のオーストリア皇帝に送っていたそうなんだ。——だが、残念なことに、オーストリア皇帝はまったく興味を示さず、巡り巡って、アルバート公が手に入れたというわけだ」

「なるほどね」

納得したネイサンに、ハーヴィーが「というわけで」とふたたび説明を引き受けた。

「アルバート公が植物画を公開して以来、ロンドンの上流階級の間では、幻の蘭である『カトレア・コルソニア』を熱望する声が高まった。——つまり、今、これを見つけた者は、即億万長者になれる」

「そういうことか」

「当然、俺も、『カトレア・コルソニア』を探させるために船を南米に送ったわけだが、その中心人物として選んだのが、腕利《うでき》きの蘭ハンターであるロバート・デイルだった」

「殺された、彼だな」

「そう」

そこまでの情報を頭の中で整理しながら、ネイサンが「ということは」と訊く。

「彼が殺された理由は、幻の蘭である『カトレア・コルソニア』となにか関係があるかもしれないってことか？」

「間違いなく、そうだろう」

ハーヴィーは断言したが、ウィリアムは少し懐疑的であるようだ。

「いや、必ずしもそうとは言えないんじゃないか。――というのも、警察関係者の話では、今回の事件は強盗の線も外せないということだから、運悪く襲われただけかもしれない」

「ふうん」

相槌《あいづち》を打ったネイサンが、「それなら、ドニー」とハーヴィーに確認する。

「殺されたデイルは気の毒だったが、結局のところ、君たちは『カトレア・コルソニア』を見つけることができたのかい？」

すると、ニヤッと笑ったハーヴィーが、「それについては」ともったいぶる。

「近日中に『ハーヴィー&ウェイト商会』から、重大な発表があるから、楽しみにしていてくれ」

「重大な発表？」

「ああ」

「なんだよ。もったいぶらずに教えろ」

ウィリアムが問い質《ただ》すが、そこは、一筋縄《ひとすじなわ》ではいかない商人気質《かたぎ》のハーヴィーであれば、のらりくらりと誤魔化され、話はうやむやのまま、その日の会合はお開きとなった。

第三章　秘密は炎の中に

1

翌日。

インドからウィリアムのところに送った大量の植物を仕分けするため、ネイサンはレベックを伴《ともな》い、早朝からチジックの城を訪れ、作業を始めた。

当然、公爵様は、いまだ夢の中だ。

木箱には、蘭《らん》などの花卉《かき》から、地衣《ちい》類、シダ類、さらに現地のマーケットで入手した球根や種など、あらゆるものが詰め込まれている。

それらを取り出し、地面に並べ、その用途や目的別に分けていく。

もちろん、一見するとただのゴミみたいなそれらの仕分けが可能なのは、植物に詳《くわ》しいネイサンやレベック、それにチジックの城の植物園専用に雇《やと》われた庭師たちで、あとは、彼らの指示に従い、ものを運んだり、どけたり、片付けたりしているだけである。

しかも、その多くは、手伝いに来たと言うより、「比類なき公爵家のプラントハンター」であるネイサンの冒険譚《たん》を聞きたくて集まってきているため、笑い声は絶えないものの、作業はなかなか思うようにはかどらない。

そうこうするうちに、陽もかなり高くなった頃になって、ようやくこの城の主人である公爵様が姿を現し、それと時を同じくして、多くの使用人が姿を消した。もちろん、本来の仕事に戻ったのであり、お祭り騒ぎは終わりということだ。

「……やあ、ネイト」

ふわ、と欠伸《あくび》交じりにウィリアムが挨拶《あいさつ》する。

ズボンの上に白いフランネルのシャツを着ただけの姿はかなりルーズな印象で、それが逆に、彼のスタイルの良さを引き立て崩れた色気を醸《かも》し出《だ》している。

「なんか、朝っぱらから騒がしいようだが……」

「やあ、リアム。ようやく起きたのか」

「これでも早いほうだよ。君が早すぎるんだ。そんなんで、昨日の夜は、きちんと眠れたのか？」

「もちろん。──プラントハンターなんて職業は、どんな過酷《かこく》な状況下でも寝られないと務まらない」

そこで、なんとも恨《うら》めしげな視線を送ったウィリアムが、「たしかに」と、朝からすっきり整ったネイサンの顔を見つめながら応じる。

「君は、昔から、どこででもすぐに寝たな」

「そうだっけ？」

「ああ。なんか、色々と思い出してきたぞ」

言いながら顔をしかめたウィリアムが、続ける。

「オックスフォード時代、遊びに出ていて門限に間に合わず、二人して学寮に戻れなかった時も、君は、どっかの銅像に寄りかかってグウグウ寝ていた。——いつ夜盗に襲われるかわからず、気が気でなかった僕は、隣で一睡《いっすい》もできなかったというのに、だ」

「そんなこともあったかなあ」

「あったんだよ！」

ウィリアムの険呑《けんのん》な肯定に対し、「ああ、もしかして」と眉間《みけん》に皺《しわ》を寄せたネイサンが、思い出す。

「野宿していた僕の頭を、君が思いっきり殴《なぐ》り、夜盗と勘違いした僕が殴り返して取っ組み合いの喧嘩《けんか》になった挙げ句、二人してブタ箱に放り込まれた時のことか？」

「……えっと、どうだったかな？」

バツの悪い続きに関しては知らん顔のウィリアムが、ネイサンからレベックに視線を移し、コホンと一つ咳払《せきばら》いをしてから訊《き》く。

「それで、レベック」

「はい、公爵様」

「君は、どうだ。過酷な航海明けで、十分に休めたか?」

「――え、あ、はい、え?」

まさか、ウィリアムからそんな気遣《きづか》いを受けるとは思っていなかったらしいレベックが、びっくりしたように同じ言葉を繰り返し、チラッとネイサンを見てから、急いで答えた。

「あ、はい。おかげさまでよく寝られました。――ありがとうございます、ロンダール公《ロード・ロンダール》」

すると、少し考え込んだウィリアムが言う。

「ふむ。『ロンダール公』か。――考えてみれば、ネイトの助手なら、そこまでかしこまる必要はないかもしれないな。ということで、これからは『ウィリアム様』でいい」

「わかりました、ウィリアム様」

どうやら、ここしばらくのうちに、ウィリアムの中でレベックに対する評価があがったようである。

それに対し、レベック以上に嬉しそうな顔をしたネイサンを鬱陶《うっとう》しそうに睨《にら》み、ウィリアムが「そんな顔をされると」と言った。

「前言撤回《てっかい》したくなる」

「なんでだ。相変わらず天の邪鬼《あまじゃく》な性格をしているな」

「違う。君が、したたか過ぎるんだ」

「したたか？」

心外そうに繰り返したネイサンが、眉《まゆ》をひそめて言い返す。

「君の歩み寄りに対し、単純に嬉しく思っただけなのに？」

「いや」

首を振って否定したウィリアムが、「あれは」と主張する。

「明らかに、『してやったり』という顔だった」

「するか、そんな顔」

「なら、鏡を見てみろ。――いや、それじゃあ間に合わないから、いっそ、鏡を鼻先にぶらさげて歩け」

「は。ナルキッソスじゃあるまいし。――僕に、そのまま花になれとでも？」

「ああ、いいね。ああだこうだうるさく言われない分、ゆっくり鑑賞できる」

「――なんか、それ、妙にコワいぞ」

そんな掛け合い漫才のような会話を続けるネイサンとウィリアムのそばで、植物で保護したシダ類を取り出していたレベックは、ふとその手を止め、箱の底を覗《のぞ》き込《こ》む。

そこに、なにかがあった。

（なんだ？）

気になったレベックは、手を突っ込み、箱の底から革装丁の本のようなものを引っぱりだした。

(――手帳だ)

だが、なぜ、そんなものが入っているのか。

もしや、現地でシダ類を梱包中《こんぽうちゅう》に、誰かが間違って落としてしまったのか。

首をかしげながらパラパラと中を見ると、そこには、細かい文字でびっしりと色々なことが書かれていた。

日付と覚え書き。

注意事項。

植物に関する豆知識等々。

乱雑に情報が書き込まれていて、すぐにはなんのことかわからないが、間違いなく、誰かが日々使用している大切な手帳のはずだ。

(……どうしよう)

今のところ、持ち主が誰であるか見当もつかないが、じっくりと中を読めば、なにかしらヒントが隠されているかもしれない。ただ、その前に、やはりウィリアムかネイサンに相談する必要があるだろう。

そこで、顔をあげたレベックだったが、その時、すぐそばで空《あ》いた木箱を片付けていた女の使用人が、「きゃあ」と悲鳴をあげたので、みんなの意識がそっちに向く。

「や〜、嘘でしょう」

女は、手にした木箱を投げ出して、ものすごく嫌そうに身をすくめている。

「どうした？」

別の使用人がかけた声に、女の使用人が答える。

「ゴキブリよ。見たこともないくらい大きなやつ」

「え、マジ!?」

「やだ」

「どこ？」

「箱の中」

そこで、今度はひっくり返った木箱に、みんなの視線が向く。

古今東西を問わず、嫌われ者の害虫は、やはりここでも嫌われているようだ。

「うわあ、止《や》めてくれよ」

必死で拒否するものの、強引に前に押し出されてしまった若い男の使用人が、恐る恐る木箱をひっくり返す。

その背後で、やはり苦手そうにしているウィリアムが、「いいか、みんな」と注意する。

「絶対に逃がすんじゃないぞ。そんなものを逃がしたら、この城はそいつらに乗っ取られてしまうからな！」

だが、言っているそばから、中でタイミングを見計らっていたらしい当の害虫が、パッと羽を広げて飛び立ち、居並ぶ彼らを驚かす。

「わっ」

「きゃああ」

「いやああ！」

飛び回る害虫を前に、その場は蜂《はち》の巣をつついたような騒ぎになった。

「誰か、捕まえろ」

「そっちにいったぞ」

「逃がすんじゃない」

「やめて〜〜」

すると、逃げ惑う使用人たちの中にいたレベックが、腰に下げていた革袋を取り、それを枝の先に付けて臨時の虫取り網《あみ》に仕立てると、果敢《かかん》にも、宙を飛ぶ害虫めがけてその即席虫取り網をぶんぶんと振り回した。

そうして振り回すこと三度目にして、見事、害虫をとらえることができる。

とたん、周囲で拍手喝采《かっさい》が巻き起こる。

「すごい！」

「えらいぞ、レベック！」

「よくやった！」

みんなから褒《ほ》められ、恥ずかしそうにしていたレベックであったが、すぐに手の中の革袋を見おろし、「それで」と、ネイサンとウィリアムに向かって問う。

「捕まえたのはいいですが、これ、どうしましょう。……なんか、潰《つぶ》して殺してしまうのも忍びないですし」

ウィリアムとしては、まったく忍びなくはなかったが、改めて訊かれると、「殺してしまえ」とも言えず、困ったようにネイサンと顔を見合わせる。

と——。

お互い特になにを言ったわけでもないのに、ほぼ同時に二人の頭にちょうどいい解決策が浮かんだ。

それを、人さし指を突きつけ合いながら、異口同音に告げる。

「——ケネス！」

2

「え〜、うそ〜。うわ〜、マジで嬉しい。いいのか、こんな珍しいのをもらっちゃって」

その日の午後。

ウィリアムの出した使いに呼応し、すぐさま、チジックの城にやってきたケネス・アレクサンダー・シャーリントンは、ボサボサの髪の下で薄緑色の瞳をキラキラと光らせながら、小さなガラス瓶《びん》の中に入った害虫をうっとりと眺《なが》める。

シャーリントン伯爵家の次男坊で、ネイサンとウィリアムの学生時代からの友人であるケネスは、昔から無類の昆虫好きで知られていて、彼にかかると、宝石と同じ値段で取引される珍しい南国の花々も、ただの「虫のエサ」と化してしまう。

「いやあ、それにしても、さすがだなあ。このサイズは、このあたりじゃ、なかなか見られないんだよ。さっそく、家に帰って、標本に加えることにする」

「ああ、標本にでも栞《しおり》にでも、なんでもしてくれ」

見たくもなさそうに顔を背《そむ》けたウィリアムが、「ただし」と人さし指をあげて念を押す。

「増やすなよ」

「わかっているって」

ガラス瓶を横に置いたケネスが、それを不安そうに見守る友人たちの前で紅茶のカップを取り、「それはそれとして」と改めてネイサンに向かって言った。

「よくぞ、無事に戻ってくれたね、ネイサン」

「ありがとう」

「君の訃報《ふほう》を耳にした時は、本当につらかったんだ」

「……へえ」

まさか、友人たちに自分の訃報まで流れたとは知らなかったネイサンが、小さく苦笑して応じる。

「ま、なかなか際どかったけど、今回は、レベックのおかげでなんとか生還《せいかん》できたよ」

「そうなんだ。レベックがね」

感心したように応じたケネスが、「だったら」とひどく生真面目《きまじめ》に言う。

「彼に、僕からも感謝の意を伝えたいな。僕らのネイサンを守ってくれてありがとうって」

ハーヴィーとは対照的に、世事《せじ》には疎《うと》いが、その分とても純粋《じゅんすい》なケネスである。ただし、その純粋さで感謝の気持ちを表すと、次のようになってしまう
「なんなら、僕の大切な標本をわけてもいいくらいだ」

レベックに代わり、ネイサンが丁寧に辞退する。

「気持ちだけで十分だ」

「そうか？」

「絶対に」

「そうかな～？」

納得がいかなそうに首をかしげているケネスに対し、話題を変えるようにネイサンが言う。

「それより、この花を見てくれ、ケネス。今回の旅の目的でもある伝説の蘭『バンダ・セルレア』だよ。――色々とあったせいで、今のところ、世界中でここにしかない貴重な一株なんだ」

「へえ」

六月を迎えた現在は、温室に入れなくてもなんとか花が保てるため、『バンダ・セルレア』は、チジックの城の応接間に飾られている。ただ、水分だけは絶やさないよう厳重《げんじゅう》な管理が必要で、ウィリアムは庭師見習いの一人を、この花の担当者に指名していた。

「たしかにきれいだね。青い色が鮮やかだ」

初夏の爽《さわ》やかな風が吹き抜ける中、立ち上がって窓辺に飾られた花のそばに寄ったケネスであったが、すぐに見飽《みあ》きてしまったらしく、葉っぱに視線を移すと、「そうそう、こういうところに」と隙間をかき分けるようにして言う。

「珍しい昆虫が隠れていたりするんだけど、さすがにいないなあ」

そんな彼の背後で、ネイサンとウィリアムが呆《あき》れたように視線を合わせて肩をすくめた。まさに「豚に真珠」という言葉を体現していると言いたかったのだ。

だが、そうとは知らないケネスが、「あ、だけど」と振り向いて続けた。

「本当に、世界でここだけ?」

「ああ」

「チジックで、だけではなく?」

「そんな狭《せま》い範囲で自慢してどうする」

バカバカしそうに応じたウィリアムが、訝《いぶか》しげに訊き返す。

「だいたい、なんで、そんなことを訊く？」

「う～ん。それなら僕の聞き間違いか、もしかして、単に騙《だま》されただけなのかもしれないけど」

そう前置きしてから、「実は」とケネスは説明した。

「半年ほど前に、僕がカブトムシの好みそうな植物を探しに出かけたら、僕を植物愛好家の一人と勘違いした男から声をかけられたんだ」

「なんて？」

「伝説の蘭である『バンダ・セルレア』に興味はないかって」

「――なに？」

ネイサンと顔を見合わせたウィリアムが、真剣な表情になって尋《たず》ねる。

「本当か？」

「本当だよ」

「それで、君は、どうしたんだ？」

「それが、僕が答える前に、『もし、興味があるようなら、近々オークションを開くので、ぜひ来ないか』って誘われたもんだから、それがカブトムシのエサ向きかどうか尋ねたら、『カブトムシのことはよくわからないが、もしかしたら珍しい蜂が潜《ひそ》んでいるかもしれない』というので、いちおう、名刺だけは渡しておいたんだよ。――ただ、それっきり、うんともすんともなくて」

それに対し、ふたたびネイサンと顔を見合わせたウィリアムが、「それは」と考え込む。

「おそらく、ソールズウッド卿《きょう》が、僕に『バンダ・セルレア』の話をしてきたのと関係しているんだろうな。――時期的にも一致するし」

「そうだな」

認めたネイサンが、ケネスに向かって尋ねる。

「なあ、ケネス。君、今、名刺を渡したと言っていたけど、相手の名前は覚えていないか？」

「ああ、……えっと、ごめん、覚えていない」

「そうか」

「でも、その時、向こうの名刺ももらったから、捜せばわかると思う。――見つかったら、連絡しようか？」

「ぜひ、頼む」

ネイサンが言うと、「わかった」と了解したケネスが、「そういえば」と思い出したように話題を変えた。

「蘭といえば、ハーヴィーには会った？」

「会ったよ。――なぜ？」

「それが、ひどいんだよ」

ふたたびソファーのところに戻ったケネスが、紅茶のお代わりを頼みながら、とても稀有《けう》な話題をあげた。

「僕が、ある女性に恋をして——」

とたん、話が進む前に、ネイサンとウィリアムが目を剝《む》いて驚いた。

「君が、女性に恋——⁉」

「人間の——？」

「そうだけど」

うなずいたケネスが、眉をひそめて問い返す。

「なにか、変？」

そこで、顔を見合わせた二人が、慌てて両手を胸の前で振りながら、代わる代わる応じる。

「いや」

「ぜんぜん」

「変じゃない」

「本当だ」

「君が昆虫以外のものを好きになっても」

「そうだ。たとえ昆虫と結婚しなくても」

「女性を好きになったとしても、おかしくはないさ」

「そうそう。将来、昆虫と墓に入らなくても、まったくおかしくはない。むしろ、ふつう過ぎるくらいで」

明らかにおかしなもの言いになってきたところで、ネイサンが強引に促《うなが》した。

「――続けてくれ」

「うん」

どこか納得がいかなそうではあったが、ケネスが先を話し出す。

「それで、いったいどうしたら、その女性に振り向いてもらえるかと思って、ある日、蘭の品評会の席上でばったり会ったハーヴィーに相談したんだ」

「――それは、相談する相手を間違えたな」

ウィリアムが突っ込み、ケネスがうなずく。

「そうなんだけど、ネイサンはちょうど航海に出ていていない時期だったし、ウィリアムはウィリアムで、女王陛下の結婚式やらなにやらがあったあとで忙しそうだったから、仕方なく」

「ああ、あの頃か」

納得したウィリアムが、尋ねる。

「で、彼は、どんな助言をしてくれたんだ?」

「それがね、ハーヴィーってば、自分のところの蘭を僕に売りつけて、言ったんだ」

「――蘭？」

「そう」

「なぜ、そこで蘭？」

「それは、ハーヴィー曰《いわ》く、なぜ、蘭がなにもせずに昆虫を惹《ひ》きつけることができるのかというと、実は密《ひそ》かに媚薬《びやく》を出して誘っているからで、その塊茎《かいけい》をすりつぶして相手の女性に飲ませれば、たちどころに、彼女は僕に夢中になるって――」

「そんな話、信じたわけではないだろうね？」

ネイサンが呆れて尋ねるが、ケネスの反応は残念なものであったため、重ねて問い質《ただ》す。

「――まさか、信じたのか？」

「だって、ハーヴィー、口がうまいから」

とたん、ウィリアムが鼻で笑って、「なんとも」と皮肉げに応じる。

「『サテュロスの申し子』らしいジョークだな。ハーヴィーの手にかかれば、ケネスのような純粋培養《ばいよう》の昆虫なんて、あっという間に食われちまう。――思えば、昔から、媚薬は彼の専売特許だった。僕は、彼が媚薬づくりのために、世界各国の蘭を集め始めたとしても驚かないし、もしかしたら、もう始めているのかもしれない」

「だけど」

ネイサンが、怒ったように反論した。

「蘭が『サテュロス』の息子オルキスと関連付けられ、その効用に媚薬効果があげられたのは、ひとえに、ヨーロッパに自生する蘭の塊茎の形状が睾丸《こうがん》に似ていることからの発想に過ぎず、今では完全に迷信と考えられている」

「そうなんだってね」

ケネスが、つまらなそうに言い返す。

「あとから人に聞いて知ったけど、でも、ハーヴィーは、東アジアで見つかったその種のものには、実際に媚薬の効果があると言っていたし、なんとなく信じてしまって……」

「……東アジア?」

そこで、少し考えたネイサンが、「それって」と推測する。

「もしかして、『エリトロニウム・サティリオン』のことだろうか。——だとしたら、たしかに、若干《じゃっかん》の効能はあるのかもしれないけど、僕が思うに、あれは、『サティリオン』というより『デンス・カニス』という違う種ではないかということで……」

だが、そこで、ポカンとした二人の顔を見て、話がいささか専門的になり過ぎたと気づいたネイサンが、「だけどまあ」と結論付ける。

「そもそも、媚薬というのは、相手に自分を好きになってもらうための魔法の薬などではなく、人の欲情をあおるためのものであれば、そんなものに頼った暁《あかつき》には、君は、オルキス同様八つ裂きにされてしまうだけだよ」

諭《さと》され、ケネスが肩をすくめて応じる。

「たしかに、ネイサンの言う通りだし、どっちにしろ、その女性はもう結婚してしまったから、どうでもいいことなんだ。ただ、僕が言いたかったのは、二度と、ハーヴィーに恋愛相談はしないってこと」

それに対し、ウィリアムが深くうなずいて認めた。

「それが賢明だ。なんといっても、彼はあの笑顔の下で、いつだって、なにかを企《たくら》んでいるからな。まったく油断のならない男だよ。今も、『カトレア・コルソニア』のことで、なにか僕たちに隠し事をしているようだし」

それは、見方を変えれば、常《つね》に商機になるアイデアを探しているということなのだが、趣味に没頭《ぼっとう》していても食べていける彼らには、その苦労は永遠にわからないだろうと思い、ネイサンは、特にコメントはしなかった。

ハーヴィーだって、こんなところで庇《かば》ってもらおうとは、露《つゆ》ほども思っていないだろう。

それからしばらく他愛《たわい》ないおしゃべりしたあとで、ケネスは、カサコソと動きまわる害虫が入ったガラス瓶を大事そうに胸に抱《かか》えて帰っていった。

3

夕刻。

薄暗がりの波止場《はとば》近くに、警官隊の警笛が響きわたる。

ピピーッ。

ピーッ。

それと同時に、鋭い声が交錯《こうさく》する。

「いたぞ！　そっちだ」

「捕まえろ！」

「逃がすな！」

「追え！」

そうして、長らく追いかけっこをした末に警官隊が捕まえた男が近くの警察署に連行され、私服刑事による尋問《じんもん》が始まった。

強盗殺人で捕まった男は、襲った相手を刺し殺し、金品を奪って逃げたところを、運悪く巡回《じゅんかい》していた警察官とかち合ってしまい、そのまま取り押さえられたのだ。

警察は、男の手慣れた様子から、余罪があるとみて追及《ついきゅう》するが、なかなか口を割ろうとしない。

だが、男の持ち物の中から、明らかに彼のものとは思えないスケッチブックが出てきたため、彼らはそれを根拠《こんきょ》に犯人をしぼりあげることにした。

そのスケッチブックには、プロの手による植物画や風景画が描かれていたため、波止場に着いた旅行者から取り上げたものだろうと推測してのことである。

そんな中、ロンドン首都警察《スコットランド・ヤード》の警視総監であるソールズウッド卿《きょう》がたまたま見回りを兼ねて警察署を訪れ、強盗殺人犯を捕まえたばかりの彼らの功績を労《ねぎら》った。

その際、例のスケッチブックが彼の目に留まり、ソールズウッド卿が中をパラパラと見ながら尋ねる。

「――これは？」

「は。先ほど捕まえた強盗殺人犯が所持していたもので、おそらく別の被害者から巻き上げたものではないかと」

「――ほお」

話を聞きながらページをめくっていたソールズウッド卿の表情が次第に真剣なものになっていき、やがて、あるページを開いたところで、驚いたように動きを止めた。

「――これは、『コルソニア』か⁉」

そばにいた私服刑事にはわからない呪文のような一言をつぶやいて絶句したソールズウッド卿は、そのまましばらくそのページをじっと睨みつけていたが、ややあって静かにスケッチブックを閉じると、彼の様子を緊張した面持《おもも》ちで窺《うかが》っていた私服刑事の耳元に口を寄せ、毒を注ぎ込むように囁いた。

「君、いいか。その男に、このスケッチブックをどこで手に入れたか、なんとしても答えさせろ。そのためなら、何をやっても構わん。——私が許可する」

「それは——」

私服刑事が、ゴクリと唾《つば》を呑み込む。

つまりは、捕まえた男をどんなふうに拷問《ごうもん》してもいいと言われたのも同然で、低い声で「わかったな?」と念を押された私服刑事は、神妙な面持ちでうなずくと、すぐに瞳にぎらぎらした欲望を秘めて静かに部屋を出ていった。

4

未明。

すべてが、オレンジ色の輝きのうちにあった。

荒れ狂う火炎。

暗い夜空に、赤い焔《ほむら》が挑むように噴き上がる。

火事だ。

大きな火事である。

「火事だあ！」

「火事だ！　逃げろ！」

「なんでもいいから、すぐに逃げるんだ！」

炎に照らされた建物の壁には、逃げ惑《まど》う人々が影絵となって浮かび、怒鳴り合う声が交錯する。どの顔も、炎の照り返しを受けて真っ赤に染まり、瞳に恐怖の色が宿っていた。

ある種の地獄《じごく》絵図である。

だが、本当の悲劇は、見えない場所にこそ存在した。

急速に広がっていく炎の中には、自力では逃げられず、その場に留まるしかない植物たちがいる。彼らはなにを思い、どんな気持ちで最期《さいご》を迎えようとしているのか。

恐怖。

苦しみ。

熱さ。

でなければ、それらを超えたなにかが、彼らの内にはあるのだろうか——。

真相は、誰にもわからない。

ただ、沈黙のうちに、彼らはひたすら迫《せま》りくる火炎に耐え忍び、やがてゴオオッという音とともにいっそう燃え上がった炎の中に消え去った。

そうして目の前が真っ赤に染めあがった、次の瞬間――。

ハッと。

レベックは、自分の粗末なベッドの上で目を覚ました。

恐ろしい火事から一転、ひんやりと冷たい夜が、目の前に広がる。

「……ああ」

レベックが、大きく息を吐く。

「夢か……」

どうやら、火事の夢を見ていたらしい。

なんとも生々《なまなま》しい夢であった。

炎にまかれ、焼け落ちる建物の中で、ただ死を待つばかりの植物たち。

もっとも、その沈黙のうちに溢《あふ》れ出《で》た想いというのが、レベックにはとても不思議に思えた。

(満足感にも似た、あれは――)

あくまでも夢に過ぎないとはいえ、最期の瞬間、死を前にしたものたちの達観とも言うべき静けさが、炎にまかれる花々の表情に見て取れた気がしたのだ。

レベックは起きあがり、足を降ろしてベッドに座る。

いったい、今の夢はなんだったのだろう。あるいは、夢を見させたものは、あの夢を通じて彼になにを告げようとしていたのか。

赤く輝く髪をかき上げながら、彼は不安そうに窓のほうに視線を向ける。

(それとも……)

どれほど不可思議であっても、やはり、夢というものはただの夢でしかないのか。

だが、それにしては、あまりにもすべてがはっきりし過ぎていた。

脳裏に直《じか》に染みこんできた映像。

あれが、ただの夢だったとは到底思えない。

きっと、どこかでなにかが起きたのだ。

(彼らがその運命を受け入れるような、なにかが――)

と――。

そんな彼の予感を裏付けるように、ふいに窓の外が騒がしくなり、誰かが屋敷の扉を激しく叩く音が鳴り響いた。

5

いつもよりかなり早い時間に、家令兼執事のバーソロミューが就寝中のネイサンを起こしに来た。どれくらい早いかといえば、バーソロミュー自身、まだ仕事着に着替えてはいないくらいである。

見れば、外は薄暗く、陽が昇る直前くらいだ。

「お休み中のところを失礼します、ご主人様」

ベッドの上で半身を起こしたネイサンが、ペパーミントグリーンの瞳を眠そうに開いて訊き返す。

「ああ、どうした、バーソロミュー？」

「それが、ただ今、階下に早馬で報《しら》せが届きまして」

「こんな時間に？」

「はい」

「なにがあった？」

「――それが」

バーソロミューは、いつも通りの慇懃《いんぎん》さの中に若干《じゃっかん》の愁《うれ》いを秘めて、その言葉を口にする。

「その報せによりますと、ロンドンの『ハーヴィー&ウェイト商会』の敷地内で火事があり、建物等が全焼したとのことでございます」

「――なんだって⁉」

飛び起きたネイサンが、「それで」と勢い込んで尋ねる。

「ドニーは無事なのか？」

「わかりません。――なにぶんにも、火の回りが早く、まだ生存者の確認が取れていないとのことです」

「まさか、そんな――」

衝撃が、ネイサンを襲う。

だが、それは、ロンドンに戻ったばかりの彼にとって、新たな事件の始まりに過ぎなかった。

第四章　焼け跡にて

1

火事から一夜明けた日の午前中。

ハマースミスからロンドン市内に向かう道中、公爵家の立派な四頭立て馬車に揺られながらウィリアムが、「結局」とつまらなそうに言った。

「ハーヴィーの奴《ヤツ》は、火傷《やけど》一つ負うでもなくピンピンしているそうじゃないか」

まるで、そのことが不満であるかのような言い様に対し、窓の外に視線をやっていたネイサンが苦笑する。その横顔は実に美しく整っていて、同性であっても思わず目を奪われずにはいられない。実際、ネイサンの顔をこよなく愛するウィリアムは、吸い寄せられるように見入った。

ネイサンが、言う。

「よかったじゃないか、大事なくて」

「それはそうなんだが、朝も明けないうちからわざわざ早馬を出し、人が寝ているところを叩き起こしてまで『全焼した』などと報告するくらいであれば、こっちとしては、当然、奴が死んだか、死ぬ間際くらいの重傷だと思うじゃないか」

「思わないよ」

「それで、すっかりその気になっていたというのに、出かける間際になって、元気に焼け跡を駆けずり回っていると聞かされた日には、なんか拍子抜けしてしまってね。――まったく、弔《とむら》い用に選んだ花が、すっかり無駄になってしまった」

「――縁起でもない」

あまりに先走った話をされ、ネイサンは白々としながら片手を振って退けた。

火事にあったハーヴィー＆ウェイト商会は、ハーヴィーが仕事上のパートナーと立ち上げて大きくした会社であるため、その無事が確認された現在、彼らは、様子見がてら、火事見舞いに向かっているところである。

「それにしても、いったい、なぜ火事なんか……」

悩ましげに目を伏せてつぶやいたネイサンに、ウィリアムも軽く口角をさげて応じる。

「たしかにね。――しかも、噂《うわさ》が事実なら、火元は母屋《おもや》ではなく温室だというじゃないか」

「……温室か」

卓抜《たくばつ》した植物学者であり、且《か》つプラントハンターでもあるネイサンはもとより、ウィリアムも根っからの植物好きであるため、その事実は、車内の空気を重くする。

ウィリアムが、その空気を払拭《ふっしょく》するように、「もっとも」と人さし指をあげて続けた。

「温室といえば、あの男、僕たちに内緒でなにやら金儲《かねもう》けの算段をしていた節もあるし、そのあたりのことが絡んで狙《ねら》われた可能性だって否定できないぞ。——だとしたら、自業自得とも言えるわけだが」

ネイサンが、視線をあげてウィリアムを見る。

ハーヴィーとウィリアムの関係は昔から微妙で、大の仲良しというよりは、反発し合いながら、絶対に交わらない平行線の上を歩いているようなところがあった。

もちろん、片や公爵、片や商人の息子ともなれば、一昔前ならまったく交流がなかったとしてもおかしくないわけで、学友としての付き合いはあっても、私生活に干渉《かんしょう》し合うような関係になる気はどちらもないのだろう。

ただ、ハーヴィーと同じく、社会的身分はさほど高くないネイサンが、こうしてウィリアムと親密な付き合いをしていることを思えば、不干渉の原因は、身分的な問題というより、性格その他にあると推測される。

そんなウィリアムの、少々批判的ではあっても穿《うが》った意見に対し、ネイサンは探るような視線を向けた。

「そう言うからには、リアム。もしかして、君が公式にこの件を調べることになると考えているのか？」

質問の意図は、廷臣《ていしん》の一人として女王陛下の信任の厚い彼が、ロンドンの治安維持《いじ》のために、極秘にこの件の調査を任されることになるのではないかと問うものだった。

「さてね」

肩をすくめて、ウィリアムが答える。

「今はまだなんとも言えないが、ただ一つだけ断言できるのは、ハーヴィーの奴がなにを隠しているにせよ、それが原因でふたたびロンドン大火《たいか》のような悲劇が起こっては困るということだよ」

十七世紀にこのロンドンを焼き尽くした有名な大惨事《だいさんじ》を取り上げての言葉に、ネイサンが眉《まゆ》をひそめて応じる。

「さすがに、それは大げさだろう」

「たしかに、あの時代とは街の構造も違うから、あれほどの甚大《じんだい》な被害は出ないだろうが、実際にこうして火事は起きたわけで、物騒であるのは間違いない」

「まあ、そうだな」

「それに、ネイト。忘れてもらっては困るが、ロンドンは今現在、『幻の蘭《らん》』という新たな金儲けの狂乱の中にあるんだ。――そして、ハーヴィーは、そのことに一枚かんでいるとみていい」

「……ああ、コルソニアね」

一昨日《おととい》は、波止場で蘭ハンターが殺されるという物騒な事件も起きていて、しかも、その雇い主が、他でもないハーヴィー&ウェイト商会であったことから、ウィリアムは、今回の火事も問題の蘭となにか関係があるのではないかと考えているのだろう。

女性よりも植物を愛する変わり者の公爵ではあるが、ウィリアムが女王陛下の信任に足る優秀な人材であるのは、ネイサン自身もよく知っているので、ここはひとまず、一理あると認めざるを得ない。

そして、そんなウィリアムの予想が全く的外れではなかったことが、目的地に到着し、当事者のハーヴィーと話して明らかとなる。

2

「よお、ネイト、来てくれたのか」

まだ焦《こ》げ臭《くさ》さの残る焼け跡に立ち、自身もかなり煤《すす》だらけになっているハーヴィーが、それでも、元気そうな様子で迎えてくれる。

「やあ、ドニー。大変だったな」

「ああ、まさに」

「僕にできることはなんでもするから、言ってくれ」

「ありがとう」

軽く肩を寄せ合って挨拶《あいさつ》したハーヴィーは、身体を離しながら紺色の瞳でチラッとウィリアムを見て、こちらはいささか素《そ》っ気《け》なく挨拶する。

「ロンダールも」

「災難だったな。――もちろん、ネイト同様、できる限りの支援はさせてもらうよ」

「公爵のあんたにそう言ってもらえると、心強いよ」

実際、来てみてわかったが、被害は相当なもので、母屋のほうも全壊はしていなくても、とてもではないが人が住める状態ではない。

ハーヴィーが、「ただ、幸い」と続ける。

「相棒のウェイトの実家が近いこともあって、家財などはそっちに運ばせている。――もっとも、あまり大きいものはさすがに入りきらなくて」

それに対し、まずはウィリアムが応じた。

「それなら、デボン・ハウスのほうに場所を作らせるから、そこを好きに使ってくれ」

「デボン・ハウス」というのは、ロンダール公爵家が所有する数ある城の中でも首都ロンドンにある重要な拠点《きょてん》で、本来、ウィリアムは、社交シーズン中、この城に留まり、夜な夜な舞踏会などを開いていて然《しか》るべきはずが、なにかと理由をつけて、チジックの城に引っ込んでしまうため、昨今は、今一つ華やかさにかけている。

そのため、場所も使い放題だった。

ハーヴィーがホッとしたように言う。

「それは、助かる。——ついでに、見舞金を募《つの》るための晩餐会《ばんさんかい》でも開いてくれると、なおいいんだが」

「ああ、それだったら、僕の母と話すといい。あの人は、社交好きで、僕があまりそういうのに興味がないのを、常々《つねづね》不満に思っているから、喜んで協力してくれるだろう」

「それは、本当に願ったり叶《かな》ったりだよ」

ハーヴィーが、揉《も》み手《で》をして喜んだ。

そんな友人から周囲に視線を移したネイサンが、首をかしげて尋《たず》ねる。

「ところで、ウェイト氏の姿が見えないようだけど、彼は無事なのか？」

「ああ。無事だよ。——というより、ちょうど商用でスコットランドのほうに行っていて、まだこの件を知らずにいる」

「ああ、だからか」

「そう。とはいえ、そろそろ知らせが届く頃だろうから、ショックでひっくり返ったりして、変なところで怪我でもしてなきゃいいんだが……」

話していたハーヴィーが、ネイサンたちより少し遅れて現れた赤毛の青年に気づき、声をかける。

「やあ、レベック。君も来てくれたのか」

「あ、はい、ハーヴィーさん」

ネイサンたちと同じ馬車に乗って来たレベックであるが、二人の話の邪魔をしないよう、馭《ぎょ》者《しゃ》の隣に座っていた。

そんな彼を気にかけたネイサンが、言う。

「こんな時だし、人手があったほうがいいと思って、働き者の彼を連れてきたんだ」

「助かるよ」

すると、先ほどからなんとももの思わしげに周囲に視線をやっていたレベックが「……あの」と申し出る。

「ハーヴィーさん。もしよろしければ、少し焼け跡を見てまわってもいいですか。もしかしたら、助けられる塊根《かいこん》などがあるかもしれませんし」

「もちろん構わないが、まだ、あちこち熱をもっているし、火種が完全になくなっているかわからないから、火傷なんてしないよう十分注意しろ」

「わかりました」

うなずいたレベックが、そばを離れる。

それを気遣《きづか》わしげに視線で追ったネイサンの前で、ハーヴィーが二人に言った。

「君たちは、どうする。申し訳ないが、もてなしている余裕はないから、帰るなら好きにしてくれ。——レベックなら、あとで誰かに送らせる」

「いや」

ウィリアムが、手をあげて応じる。

「こっちも、当然、客として来たわけではないので気にしなくていい。それより、歩きながらで構わないので、今後の相談をしがてら、少し話を聞かせてくれ」

「——話？」

「ああ」

深くうなずいたウィリアムが、同情とは違う苦笑めいた表情を浮かべ、「とぼけても無駄だぞ、ハーヴィー」と続ける。

「今回のことは、君が、昨日、僕たちに得意げに仄《ほの》めかしていた例の『重大発表』となにか関係があるんだろう？」

ハーヴィーが、目を細めてウィリアムを見る。

その表情には、若干《じゃっかん》の疲労はあっても、現状の悲惨《ひさん》さに打ちひしがれる被害者の絶望など欠片《かけら》もなく、相変わらず飄々《ひょうひょう》とこの世を渡っていく商人のしたたかさが見て取れた。

ややあって、肩をすくめたハーヴィーが、彼らに歩くよう促《うなが》しながら認める。

「まあ、こうなってしまったからには隠しても仕方ないので打ち明けるが、ロンダールが考えている通り、これは放火で、犯人はこの温室を狙《ねら》って火を放った」

「なにか証拠が出たのか？」

「警察が、灯油をまいた痕跡《こんせき》を見つけたんだよ」

「ほ～らな」

ウィリアムが誇らしげに振り返ったため、ネイサンは「わかったから」と言うように片手をあげてやり過ごし、ハーヴィーに対して真摯《しんし》に尋ねる。

「でも、だとしたら、犯人の目的はなんだ。――つまり、言い換えると、この温室には、人に狙われるようななにがあったのかってことだけど」

よほど価値のあるものがない限り、温室など燃やす気にならないというニュアンスを含めたネイサンに向かい、ハーヴィーが口角をあげて事実を伝えた。

「まあ、おおかたの予想はついているんだろうが、ここにあったのは、ずばり『カトレア・コルソニア』だ」

3

「――『カトレア・コルソニア』」

重々しく繰り返したネイサンが、信じがたいというように訊《き》き返《かえ》す。

「本当に、あの幻の？」

「ああ」

「ここに、コルソニアがあった？」

「そうだ。――もっとも、まだ花は咲いていなかったので、百パーセント断言できるわけではないが、コルソニアと考えられる蘭が栽培《さいばい》されていたのは事実だ」

「そんな――」

なかば予想していたとはいえ、やはり事実としてにわかには信じられず、幻を追うように焼け跡に視線をさまよわせたネイサンは、炭化した植物の中からなにかを拾いあげているレベックの姿を目にした。

レベックは、手にしたものにじっと視線を落としていて、その様子は、まるでそのものに語りかけているかのようにも見える。

ただ、その時のネイサンは、ハーヴィーの話に気を取られていて、無意識のうちにそう感じたに過ぎなかった。

そんなネイサンの横で、ウィリアムが、「まあ、そうなんだろうな」とこちらはわけ知り顔で応じる。

「そうではないかとは思っていたんだが、やはり、君は僕たちを欺《あざむ》いていたわけだ」

「欺く?」

意外そうに繰り返したハーヴィーに対し、ウィリアムが断罪するように「だって、そうだろう」と畳《たた》みかけた。

「そんな重大なことを、僕たちに黙っていたんだからな」

「黙っていたって……、子どもじゃあるまいし」

バカバカしそうに応じたハーヴィーが、言い返す。

「言っておくが、これは厳然《げんぜん》たる商売の話であって、お貴族様の道楽とはわけが違うんだからな。それに、言われなくても、然るべき時期がきたら真っ先に教えたし、事実、近日中に発表すると宣言しただろう」

ハーヴィーの言い分はもっともで、ウィリアムだって内心ではきちんとわかっているのだが、幻の花を見ることができなかった悔《くや》しさが、少々彼を依怙地《いこじ》にしている。

「だが、発表より前に知っていた人間がいたからこそ、こんなことになったんだろう」

「だから、それが――」

次第に激昂《げっこう》してきた二人をなだめるように、驚きから立ち直ったネイサンが「その前に」と割って入った。

「少し話を戻さないか、ドニー。過ぎたことをとやかく言っても仕方ないが、先に進むためにも、一度、ゆっくり状況を整理したい」

「――わかった」

ハーヴィーが賛同し、ウィリアムも黙ったまま肩をすくめてみせた。

ネイサンが訊く。

「それなら、まず、ドニー。君は、いつ、どうやって、『カトレア・コルソニア』を手に入れたんだ？」

「それは、ちょっと前の話になるが、例の、波止場《はとば》で殺された蘭ハンターのデイルが、南米の奥地で発見し、先に船で送って寄こしたんだ」

「つまり、デイルは、幸運にも、『カトレア・コルソニア』の群生地を見つけることができたんだな？」

「ああ」

認めたハーヴィーに対し、ウィリアムが首をかしげて疑問を唱《とな》える。

「でも、それこそ、どうやって見つけたんだ。――偶然か？」

「いや」

否定したハーヴィーが、教える。

「その時に添付されていた手紙によると、彼は、密林で、長らく行方不明《ゆくえふめい》になっていた旅行画家のジョン・ブラウアーの遺体を発見したそうだ。幸いなことに、ブラウアーが所持していた手帳には、『カトレア・コルソニア』の群生地がある場所へ案内する手書きの地図が挟《はさ》まっていて、その情報を頼りに見つけることができたということだった」

「手書きの地図か。——それは、またラッキーな」

「たしかにね」

認めたハーヴィーが、「しかも」と続ける。

「それと同時に、デイルは、なにか重大な事実を知ったようなんだが、そのことについて、当時の手紙では一切触れられていなくて、帰国後に本人から直接教えてもらうはずだったが、結局、あんなことになって聞けずに終わったため、永遠の謎《なぞ》となってしまった」

「重大な事実……」

ネイサンがつぶやき、ウィリアムが「それなら」と訊き返す。

「デイルは、その『重大な事実』とやらのために殺されたと考えていいのか?」

「さあ、どうかな。——警察は、ただの物盗りの犯行と考えているようだし、事実、デイルが持っていたはずの、ブラウアーの手帳やスケッチブックはなくなっていた。でも、肝心《かんじん》の、彼が先に送って寄こした『カトレア・コルソニア』は、この温室で極秘裏に育てられ、あと少しで開花という段階まで来ていたんだ」

「開花か……」

やはり、その姿を一目見たかったと惜《お》しむ様子のウィリアムが、「となると」と犯人の動機を推理する。

「やはり、そのことを知った誰かが、貴重な『カトレア・コルソニア』を奪い、独《ひと》り占《じ》めするために残りの蘭に火を放ったと考えるのが妥当《だとう》か」

ネイサンが、悔しそうに付け足す。

「『バンダ・セルレア』の時と同じだな。自分たちの儲けのために、罪のない花を犠牲《ぎせい》にする」

「ああ」

「だけど、わからないのは」

レベックがいるあたりで足を止めたハーヴィーが、周囲に視線をやりながら疑問を投げかける。

「ロンダールの推測通りだったとした場合、犯人は、どうやってコルソニアを見分けたか、なんだ」

そこで、ネイサンとウィリアムが顔を見合わせ、ウィリアムが尋ねる。

「どういうことだ?」

「だからさ」

ハーヴィーが、両手を開いて説明する。

「知っての通り、『カトレア・コルソニア』は幻の花で、実物を目にした人間はほとんどいない」

「そうだな」

「当然、うちでも厳戒《げんかい》態勢の内に運び込まれたため、その存在を知るのはほんのわずかだ」

「なるほど」

「しかも、僕とウェイトは、万全を期すために、温室のどこに問題のコルソニアを植えたかは誰にも教えず、手入れは、鍵《かぎ》をかけた温室で、僕たち二人が交代でやってきた」

「ほお。——となると」

ウィリアムの言葉に、ハーヴィーがうなずく。

「そう。だから、犯人が首尾よく忍び込んだところで、花が咲いているならともかく、未開花の状態で、数ある他の蘭の中からコルソニアだけを選んで持ち去ることは、正直、不可能に等しいはずなんだ」

「たしかに」

ネイサンがうなずく。

「僕だって、知らない花は、選び取ることなんてできない」

眉をひそめて考え込んだウィリアムが、「だったら」と確認する。

「相棒のウェイト氏は、どうだ。——彼が裏切ったということはないか?」

「あり得ないね」

即答したハーヴィーが、三人に共通の友人の名をあげて応じる。

「我らが純朴《じゅんぼく》なケネスならともかく、この俺が、そんなマヌケであるわけがないだろう。信頼に足る人物だからこそ、仕事上のパートナーに選んだんだ」

「まあ、そうか」

それは、ウィリアムも否定しない。

引き合いに出されたケネス・アレクサンダー・シャーリントンには気の毒だが、伯爵家の次男坊で無類の昆虫好きである彼が、完全に浮世《うきよ》から外れてしまっているのは、誰もが認めるところであった。

「だが、そうなると、放火犯の目的はなんだ？」

「さてね」

肩をすくめてつまらなそうに応じたハーヴィーが、「むしろ」と苛立《いらだ》たしげに続ける。

「俺が、教えて欲しいくらいだ」

「なるほど」

「そうだよな」

ハーヴィーに尋ねたところで、知るわけがない。

気の毒そうに二人が見つめる前で、苛立ちから一転、どこか淋《さみ》しげに焼け跡を見まわしたハーヴィーが、「しかし、まあ」と言った。

「こうなってくると、デイルがコルソニアと一緒に寄こした手紙でチラッと言っていたことが、俄然《がぜん》、気になってくる」

意味深な発言に、再び顔を見合わせたネイサンとウィリアムが、口々に訊き返す。

「デイルが？」

「なんて？」

「それが、彼は、『カトレア・コルソニア』は、現地で呪《のろ》われた花として忌《い》み嫌われているので、これを送ることで俺たちに不幸が起きないといいのだが……と心配をしていたんだ」

「呪われた？」

意外そうにネイサンが言い、「不幸ねえ」とつぶやいたウィリアムが周囲に視線を向けてうなずく。

「たしかに、不幸は起きている」

「でも」とネイサンが、尋ねる。

「なぜ、呪われた花なんて……」

「それが、デイルが現地の人間から聞いた話として書いて寄こしたことによると、『カトレア・コルソニア』の群生地には、十年ほど前まで森の神が宿る聖木があって、滅多《めった》なことでは人が近寄れない場所だったそうだ」

「いわゆる『禁足地』か」

「そう」

うなずいたハーヴィーが続ける。

「それが、ある日、白人の男がやってきて、その村の娘をたぶらかし、その聖木の場所まで案内させた。男の目的は、その木に着生していた蘭だったらしいが、そうとは知らない女は、男の甘言に乗ってしまったわけだ。——結局、男は、こともあろうに、現地の人々が大切に崇《あが》めてきた聖木を切り倒して蘭を採取すると、悲しみ嘆《なげ》く女を置いて立ち去ったのだという」

「それは、ずいぶんとひどい話だな」

「たしかに、えげつない」

うなずいたウィリアムが、「だが」と問う。

「その話と、肝心の『カトレア・コルソニア』は、どう結びつくんだ？」

「まあ、待て」と言って片手をあげたハーヴィーが、ポケットから取り出したパイプに火をつけてから教える。

「それが、恐ろしいのはここからで、残された娘は、村人を裏切った咎《とが》で、その聖木の切り倒された場所で首をはねられてしまったんだ」

「それも、すごい」

「どっちがえげつないか、わからんな」

「え、だけど、まさか」

感想を言ったあとで、先を予測したネイサンが思わず声をあげ、ハーヴィーが彼を指さして認める。

「その通りだよ、ネイト。——幻と言われる『カトレア・コルソニア』は、彼女の血が流れたところから芽を出した花で、あの花の赤さは、娘の血を吸ったためにそうなったのだと考えられたそうだ。そして、娘の血とともに恨《うら》みまでも吸い取った花は、男が戻ってくることを願いながらそこで咲き続け、その花と関わった人間に次々と不幸をもたらすと言われるようになったんだ。――まさに、ドイツ人のプラントハンターの船が沈《しず》んだり、我が温室が火事に見舞われたように、ね」

語り終えたハーヴィーが、「ちなみに」と付け足す。

「『カトレア・コルソニア』があったのは、このあたりだ」

そこは、まさにレベックが先ほどから立っていた場所で、言葉を失くして立ち尽くした彼らに、レベックが、「……あの」と静かに声をかけた。

ハッとしたネイサンが、振り返って訊く。

「どうした、レベック?」

「お話し中申し訳ありませんが、ちょっと思い出したことがあって、早めにお知らせしたほうがいいのではないかと」

ハーヴィーの話に引き込まれ現実感を失いかけていたネイサンは、若干ホッとしてレベックに応じる。

「うん、聞くよ。なんだい?」

すると、服のポケットを探り、小さな革張りの手帳を取り出したレベックが、それをネイサンのほうに差し出しながら告白した。

「実は、昨日、チジックのお城で運び込んだ荷物を開梱《かいこん》していた時に、この手帳を拾ったんです。——でも、そのあと、害虫駆除やなにやらでバタバタしたので、今の今まで、すっかり忘れていました」

「荷物って、僕たちがインドから送った荷物だね?」

「はい」

「つまり、現地の人間が、梱包中に落とした?」

「僕も最初はそう思いましたが、ただ、ふと」

言いながら、こめかみに指を当ててレベックが推測する。

「もしかしたら、波止場で殺された人のものかもしれないと」

「——なに?」

興味を引かれたウィリアムが、二人の会話に割って入る。

「波止場で殺されたって、蘭ハンターのデイルのことか?」

「おっしゃる通りです。ウィリアム様。——というのも、実はあの方が亡くなる少し前に、僕は、同じ方がチジックの城へ届ける予定の荷物のそばにいるのを見たんです。しかも、人目を避けるようにして、箱のすきまに手をのばすような感じでした。そのため、最初は荷物からなにかを盗もうとしているのかと思ったのですが、こじ開けられた形跡はなかったので、そのままにしてしまいました」

レベックが説明するのを聞きながら、渡された手帳をパラパラと眺《なが》めていたネイサンが、あるページで手を止めてジッと見入り、ややあって驚いたように言う。

「これは――」

ウィリアムとハーヴィーが、相次いでそんなネイサンに声をかけた。

「なんだ、ネイト」

「なにか、とんでもないことでも書いてあったのか？」

それに対し、今しばらく手帳を読んでいたネイサンが顔をあげ、ペパーミントグリーンの瞳で二人の顔を見すえながら答えた。

「レベックの言っていることは、正しい。荷物のそばにいたのは、蘭ハンターのデイルだったんだ。そして、これは、デイルが隠したブラウアーの手帳だ」

「ブラウアーって、南米の密林で亡くなっていたという旅行画家の？」

「そう」

ハーヴィーの確認にうなずいたネイサンが、「その彼が」と続ける。

「ドイツ人のプラントハンターとともに、最初に『カトレア・コルソニア』を見つけた時の様子が、ここに詳細《しょうさい》に記されている。――ただ、残念ながら、手書きの地図は抜け落ちてしまっているようだが」

「本当にないか？」

ウィリアムが身を乗り出して、確認する。

「あれば、もう一度、コルソニアを探しにいけばいいだけのことだからな」

「そうだけど、う～ん、やっぱりないね」

応じたネイサンが、「でも、考えてみれば」と推測する。

「あの時、開梱して片付けていた箱には、古い新聞紙のようなものもたくさん入っていたから、もしかしたら、手帳から抜け落ちた地図が、そこに紛《まぎ》れていたかもしれない。もちろん、誰もそこまで注意深く見ずに焼却《しょうきゃく》処分してしまったはずだから、今さら何を言っても手遅れだけど」

「なんと！」

ウィリアムが、天を仰《あお》ぐようにして嘆く。

「つまり、僕たちは、宝の地図を目の前にして、むざむざと焼き捨ててしまったのか？」

「それこそ、冗談じゃないな」

ハーヴィーも鼻白《はなじろ》んで応じる。

そんな中、相変わらずブラウアーの手帳に目を落としていたネイサンが、「ああ、だけど」と言った。

「そんなことより、ここにはもっと驚くべきことが書かれているぞ」

「なんだ？」

「これ以上、驚くことはない気もするんだが」

半信半疑の二人に対し、ネイサンが重大な事実を告げる。

「いや、地図なんて問題ではないくらい、すごいぞ。――なんと言っても、この手記によれば、ドイツ人のプラントハンターが『カトレア・コルソニア』を発見したあと、そのうちの一つから種子を取り出し、沈没《ちんぼつ》した船とは別にこっそりイギリスに送ったそうだから」

語られた事実の認識に少々時間を要したウィリアムとハーヴィーが、わずかに間を置き、驚きの声をあげた。

「――なんだって⁉」

「種子だと⁉」

すぐに、ハーヴィーが「つまり、なんだ」と混乱した事実を整理し直す。

「ここイギリスには、今回うちが手に入れたものとは別に、数年前に種子の状態で持ち込まれた『カトレア・コルソニア』が存在していたということか⁉」

それに対し、手帳から顔をあげたネイサンがうなずいて、静かに答えた。

「そういうことになるな」

4

「嘘だ⁉」

ハーヴィーが叫び、ネイサンがなだめるように応じる。

「いや、本当だろう。『カトレア・コルソニア』は、このロンドンの別の場所に存在している」

「いやいや――」

それまで、慎重《しんちょう》かつ秘密裡《ひみつり》に「カトレア・コルソニア」を栽培してきたハーヴィーには、その事実はにわかには受け入れがたいようだ。

「そんな、冗談じゃないぞ。そんなこと、あってたまるか」

「そう言われても、僕には『気の毒に』としか言いようがないな」

極めて同情的なネイサンに対し、ウィリアムはどうでもよさそうに淡々と応じる。

「そうそう。コルソニアを発見した時に行動をともにしていた男が書いた手記にそうあるんだ。諦《あきら》めて認めろ」

だが、それこそ冗談じゃないと言いたいのだろう。

ハーヴィーが、首を振って言い返す。

「嫌だね。そう簡単に、諦められるか。俺たちが、コルソニアのためにいくら費やしたと思っている」

「知らないが、考えようによっては、よかったんじゃないか?」

「――よかった?」

「そう。――まあ、『よかった』というのはさすがに言い過ぎかもしれないが、君たちが、『カトレア・コルソニア』を幻の蘭としてものものしく発表したあとで、他にも存在するとわかったら、それこそ赤っ恥もいいところだったわけで、そうならなかっただけでも儲けものと思えばいいだろう」

「は」

ハーヴィーがバカバカしそうに鼻を鳴らしてウィリアムを睨みつけた。

「悪いが、道楽だけでも生きていられる君と違い、そんな自虐的《じぎゃくてき》なポジティブさは持ち合わせていない」

それから、「ちょっと貸せ、ネイト」と言ってネイサンの手から革張りの手帳をひったくると、彼は熱心に中身を読み始めた。自分の目で確かめてみるまでは信じたくないといったところだろう、

その間にも、ウィリアムが「でも、そうだとすると」と顎《あご》に手を当てながら、ネイサンに向かって話しかける。

「犯人がここに火をつけたのも、わかる気がするな」

「たしかに」

ウィリアムが意図するところを察して、ネイサンがうなずく。

「どこの誰かは知らないが、発芽から数年かけ、ようやく花をつけようかという段になって、新たに開花寸前のものが入ってきたりしたら、そいつは、どんな手段を講じてでも、それらを無きものにしてしまいたいだろう。——まして、金儲けが目的の人間なら、なおさらだ」

「ライバルは、消すに限るからな」

ウィリアムが言い、あたりを手で示しながら続ける。

「それでもって、自分たちがすでに開花寸前のコルソニアを手にしているのであれば、危険を冒《おか》してまで、わざわざここから盗む必要はなかったってことだ。——ただ、ライバルを消すために火を放てばいい」

すると、それまで真剣に手帳を読んでいたハーヴィーが、パタンと手帳を閉じ、顔をあげて言う。その紺色の瞳には、これまでに見たこともないような怒りの色が浮かんでいた。

「許せん」

それから、ネイサンとウィリアムを見て、「なあ」と険呑《けんのん》に持ちかける。

「忘れてないといいんだが、君ら二人とも、さっき、自分たちに出来ることはなんでもすると申し出てくれたな」

「……ああ。まあ、言ったには言ったね」

雲行きの怪しさを覚えつつ答えたネイサンに続き、ウィリアムが牽制《けんせい》するように告げた。

「もちろん、社交辞令の部分も多いわけだが」

「だとしても、男に二言はないはずだ」

商人らしい図太さを見せて笑ったハーヴィーが、「ということで」と頼み込む。

「二人で、この犯人を見つけてくれないか」

「見つけてくれって……」

ネイサンは、戸惑いつつ確認する。

「言っておくけど、ドニー。犯人が見つかったところで、燃えてしまった花が生き返ることはないからな」

「そんなことは、百も承知さ。当たり前だろう」

人さし指を振って応《こた》えたハーヴィーが、「だがな、ネイト」と情に訴《うった》える。

「俺たちが面倒をみてきたこいつらを、こんな風に無残に焼き殺してまで金儲けをしようと企《たくら》んでいる奴らに一矢報《いっしむく》いないうちは、俺の腹の虫がおさまらないんだよ」

「それはそうだろうけど」

ネイサンが、チラッとウィリアムを見ながら訊き返す。

「ただ、たいした手がかりもないまま、どうやって犯人を見つけろというんだ?」

「たしかにね」

視線を受けたウィリアムが同調し、続ける。

「今後、なんらかの形で別の『カトレア・コルソニア』が公《おおやけ》の場に登場すればまだしも、闇《やみ》取引されてしまえば、もう追いかけようがない」

ネイサンが、「もちろん」と誠意をもって付け足した。

「僕だって、できることなら、こんなことをするような連中を野放しにはしておきたくない」

すると、滅多に彼らの会話に口など挟まないレベックが、「その通りです、ネイサン」とけしかけた。

「野放しにしては、絶対にダメですよ。お願いですから、なんとかしてください」

「なんとかって……」

いささか驚いた様子のネイサンを見て、ハーヴィーがレベックを庇《かば》うように褒《ほ》める。

「よくぞ言ってくれた、レベック。お前はいい奴だ。植物の気持ちをわかっているのだな。――彼らだって、絶対にこの無念を晴らしたいはずだ」

「――はい」

静かだが深々とうなずいたレベックの瞳が、その一瞬、きらりと金茶色に輝いた。神気を帯びたような異様な輝きだ。

それに気づいたネイサンは、人でないものの怒りに触れたような気がして、ゾクリとする。

そのまま、口をつぐんでマジマジとレベックを見つめていると、「――なあ、ほら」と、ハーヴィーがいつもの気安い口調に戻って提案した。

「レベックも、こう言っているんだ」

とたん、ウィリアムが異論ありげに言い返す。

「悪いが、レベックがなにを言おうと、僕たちには関係ない」

「またまた」

ハーヴィーが軽い口調でいなした。

「天下の公爵様が、そういう了見《りょうけん》の狭《せま》いことを言うものじゃないと、昔から再三忠告しているはずだぞ、ロンダール」

「たしかに聞いているが、そんな忠告は無用だと、こちらも再三返しているはずだが」

「そう、愚《おろ》かにも、ね」

「愚か？」

「そうだよ。——真面目《まじめ》な話、これからは民衆から愛される貴族を目指さないと、いつか立ち行かなくなるぞ」

「仮にそうだとしても、君には言われたくない」

「だが、俺以外に、こんな親切な忠告をしてくれる人間もいないだろう」

そう告げてからネイサンに視線を移したハーヴィーが、「言っておくが」と意見する。

「ネイト、君もだぞ」

「え？」

突然矛先《ほこさき》を向けられたネイサンが、意外そうに目を見開く。

「僕が、なんだって？　――まさか、『愛されるプラントハンターを目指せ』とか言わないだろうな？」

「違うが、近いことは言っている。つまり、持てる者は、持たざる者のために働くべきで、時間が余っている君は、時間の無い俺のために働く必要がある。――それだと言うのに、さっきから聞いていれば、なにを穴倉で震えるウサギみたいに及び腰になっているんだ？」

「穴倉って……、そんなつもりは、さらさらないけど」

「いや、なっているよ。――いいか、よく考えてみろ。昔の君なら、こんな頼みごと、二つ返事で引き受けていただろう。なんといっても、君は、いつだって不可能を可能にする男だったからな。君に任せておけば、すべてがうまく回る。そういう男だった」

上手《じょうず》に持ち上げておきながら、「それなのに」と頭を振りつつハーヴィーは嘆く。

「挑戦もしないうちから、ぶつぶつと不平ばかり」

「……別に、不平なんか」

「言っていないというのか？」

「――まあ、ちょっとは言ったかもしれないけど」

「言っていたんだよ」

決めつけたあとで、黙って肩をすくめてみせたネイサンに向かい、「反省したなら」と指を突きつけて説得する。

「ぐずぐず言っていないで、これからしばらくは店の再建で忙しい俺に代わり、こいつらの仇《かたき》を討《う》ってやってくれ。――いいな、頼んだぞ？」

「――わかったよ」

結局、押し切られる形で、ネイサンは放火事件の犯人を捜すことになった。

第五章　幻の海図

1

ハーヴィーのところからハマースミスに戻る馬車の中で、ウィリアムが呆《あき》れたように言った。

「まったく、君は押しに弱いな」

「悪かったね」

「だから、ハーヴィーには気をつけろと、いつも言っているだろう。彼は、調子よく人をこき使う天才なんだ」

「そうかもしれないけど、実際、友だちとして頼みごとを聞くのは、当然じゃないか。それでなくても大変な時なんだ。できることは、なんでもやってやるべきだろう」

応じたネイサンが、そこでペパーミントグリーンの瞳を冷たく光らせ、「それに」と言い返す。

「君は、もともとこの件に興味を持っていて、調べる気満々だったろう」

「まあな。——でも、それは僕がみずからやるか、トリーの頼みを受けてやるべきことであって、ハーヴィーごときに言われてやるようなことではない」

「——ごときって」

世界に君臨する大英帝国の女王陛下をあだ名で呼べるウィリアムは、自身も大貴族としてそれ相応の気位の高さを持っている。

もっとも、時代が時代なら、ハーヴィーやネイサンなどは口もきけない相手であることを思えば、大勢いる王侯貴族の中でも、ウィリアムはまだ柔軟《じゅうなん》な考えを持っているほうだと言えるだろう。

小さく溜息をついたネイサンが譲歩《じょうほ》する。

「ま、仕方ない。君は、この件から手を引け、リアム。僕は、構わないから」

ネイサンは、ウィリアムのことを慮《おもんぱか》って言ったのだが、ウィリアムは、ウィスキーブラウンの瞳でジロッとネイサンを睨《にら》むと、「ここまできて」とすねたように言い返した。

「僕を除け者《のけもの》にする気か?」

「まさか」

苦笑したネイサンが、説明する。

「そんなつもりで言ったんじゃない。君が嫌そうだから気をまわしただけで、手伝ってくれるのなら、それに越したことはないよ。——というのも、僕の計画では、君でなければできないこともあるから」

「計画があるのか？」

「計画というか、青写真というか、まあ、この先、どうするかを考える上での大前提の話だ」

「ふうん」

相槌《あいづち》を打ったウィリアムが、「それなら」と質問を変える。

「僕でないとできないことというのは？」

「ああ、それは」

言いながら、流れ去る車窓の景色に視線をやったネイサンが話し出す。

「さっきからずっと考えていたんだが、この件を調べるにあたって、どうしても知っておきたいことがある」

「なんだ？」

「そもそもの発端《ほったん》だよ」

「発端？」

「そう」

首をかしげつつ繰り返したウィリアムのほうに顔を戻し、ネイサンは、「できれば」と話を進めた。

「五年前に、ドイツ人のプラントハンターが、どうやって『カトレア・コルソニア』を発見するに至ったのか。当時の状況なども含めて、もう少し詳《くわ》しく知りたい」

「――それは、僕にドイツに行けと言っているのか？」

「いや」

否定したネイサンは、「そんなの、わざわざ出向かなくても」と請け合う。

「ドイツを背負ってきたような人物が、君の社交界の友人にはいるだろう」

そこで、ネイサンの考えていることに思い至ったウィリアムが、「なるほど」とうなずく。

「アルバート公か」

「その通り」

「アルバート公」というのは、若きヴィクトリア女王のハートを射止め、その夫君の座に収まったコーブルク公国の王子のことだ。

ウィーン議定書の下、諸侯《しょこう》が並び立つ連邦であるドイツであれば、「背負ってきた」はかなり大げさな表現だが、向こうの文化を進んで紹介してくれるアルバート公に対するある種の敬意の表れであった。

「たしかに、このロンドンでの狂騒の発端がアルバート公の披露《ひろう》した蘭の彩色画《さいしょくが》にあるのなら、僕たちがまだ知らないことを知っている可能性は高いな」

「そういうことだ」

そこで、ハマースミスにあるブルー邸に戻ってきた彼らは一旦《いったん》そこで別れると、ウィリアム

はアルバート公に謁見《えっけん》するために身支度《みじたく》を整え、改めてバッキンガム宮殿へと向かった。

2

その日の夕刻。

焼け跡での手伝いを終えたレベックは、ハーヴィーに暇《いとま》を告げに行った。

見舞客と話し込んでいたハーヴィーは、レベックに気づくと話を切り上げてこっちに寄って来てくれる。

「やあ、レベック。ご苦労様」

「いえ。他に御用がなければ、そろそろお暇しようかと」

「そうだな。馬車を用意させるよ」

「ありがとうございます」

そこで、帰りかけたレベックを、ハーヴィーが呼び止める。

「ああ、そうそう、レベック」

「なんでしょう？」

煤《すす》だらけの顔で振り返ったレベックに、ハーヴィーが申し出る。

「いや。今日は、よく働いてくれたようだから、なにか礼をしようと思ってね。――欲しいものがあれば、遠慮《えんりょ》なく言ってくれ」

「そんな――」

レベックは、慌てて辞退する。

「そんなつもりで手伝いに来たわけではないし、もらい物をしたなんて聞いたら、きっとネイサンが嫌がります」

「そんなことはないだろう。あいつは、ああ見えて、けっこう合理主義なところがあるし、実力のある者には、それに見合った報酬《ほうしゅう》があって然《しか》るべきだと考えている」

「……はあ」

レベックにはよくわからなかったので黙っていると、懐から銀貨を取り出したハーヴィーが言った。

「ま、無理にひねり出さずとも、特に欲しいものがないようなら、これを取っておいてくれ。そうしたら、好きな時に好きなものを買えるだろう」

すると、しばらくハーヴィーの手の中の銀貨を見ていたレベックが、金茶色の瞳をあげて尋ねた。

「――あの」

「なんだ、やっぱり欲しいものがあるのか？」

銀貨をもてあそびながら応じたハーヴィーに、「はい」とうなずいたレベックが続ける。

「こんなものを欲しがって迷惑でないかわからないし、駄目なら駄目でいいんですが……」

「なに、こちらから言い出したことなんだ、遠慮なく言ってみろ。それで、もしあげられないものなら、申し訳ないが、正直にそう言うよ」

その言葉で安心したのか、レベックが申し出る。

「それなら、燃えてしまった塊根《かいこん》を、一つもらっていってもいいですか？」

「――燃えてしまった塊根？」

「はい」

あまりに意外なおねだりに、ハーヴィーが驚いた表情をしたあと、若干《じゃっかん》疑わしげに尋ねた。

「そんなものをもらって、どうするんだ。――まさか、念の為《ため》に育ててみるつもりか？」

「いえ」

「なら、なにに使うんだ？」

「使うというか、記念に」

「記念？」

繰り返され、自分でも違和感を持ったのか、レベックが慌てて言い方を変える。

「いや、記念と言うのは変かもしれません。戒《いまし》めとか、なんだろう、勿忘草的《わすれなぐさてき》な感覚なんですが……」

「勿忘草って、『私を忘れないで』ってやつか」

「はい。それです」

「ふうん……」

ハーヴィーが、腕を組んで奇妙そうにレベックを見おろす。

「つまり、君は、燃え尽きてしまったコルソニアが『私を忘れないで』と嘆《なげ》いているから、その塊根の残骸《ざんがい》を記念に持って帰ると？」

「そうです！」

意思疎通《そつう》ができたことが嬉しいとばかりに顔を輝かせたレベックに、ハーヴィーが片眉《かたまゆ》をあげて感想を述べる。

「そうですって……、なるほど。たしかに、君は少し変わっているようだ。ネイトが肩入れするのも無理はない」

それが、お願いに対する肯定か否定かがわからなかったレベックが、笑顔を引っ込めておずおずと尋《たず》ねる。

「……やっぱり、駄目ですか？」

「いや」

即座に応じたハーヴィーが、使用人からの呼び声に応《こた》えて踵《きびす》を返しながら教える。

「どうせ使いものにならないんだ。思い出を残すために欲しいと言うなら、好きなだけ持っていくといい」

「ありがとうございます」

「ただし、万が一にも発芽したら、いの一番に、俺に知らせてくれよ。儲《もう》けは折半で」

「あ、それは大丈夫です。彼らがこの地で咲くことは、絶対にありませんから」

奇妙なくらいはっきり断言したレベックに対し、ふと足を止めて振り返ったハーヴィーであったが、その邪気のない顔を見た瞬間、自分の考え過ぎかと思い直し、ついでとばかりに付け足した。

「ああ、せっかくだ、これも取っておけ」

まだ手にしていた銀貨をレベックに向かって放り投げ、彼はウィンクして挨拶《あいさつ》した。

「ということで、ネイトによろしく」

「わかりました、ハーヴィーさん。——さようなら」

去っていく背中に挨拶したレベックは、許可を得たので、もう一度焼け跡に立ち寄って土の中から炭化した塊根を拾いあげると、それを麻布《あさぬの》で包んでポケットにしまい、ハーヴィーが用意してくれた二頭立て馬車に乗って、ハマースミスのブルー邸へと戻って行った。

3

同じ頃。

バッキンガム宮殿から戻ってきたウィリアムが、ブルー邸に到着早々、この家の家令兼執事のバーソロミューに手袋などを預けながら言った。

「やあやあ、ネイト、実に面白《おもしろ》いことがわかったぞ」

応接間で本を読んで待っていたネイサンが、腰をあげて迎えつつ応じる。

「なんだか知らないが、落ち着け。リアム。食事の用意ができているので、食べながら話そう」

「それはありがたい。時間がなくて、途中、なにもつまんでないから、腹ペコだよ」

そこで、すぐさま食堂に移動し、彼らは運ばれてくる食事に手をつけながら会話する。

「それで、なにがわかったって？」

早々にネイサンが切り込むと、フォークを持つ手を軽くあげてウィリアムが言う。

「もちろん、ご所望の『発端』だよ。——聞いて驚け。アルバート公が言うには、五年前、ドイツ人のプラントハンターが南米に出向くきっかけとなったのは、それ以前にオックスフォードの古書店で買った本の中に一枚の海図が挟《はさ》まっていたことにあるらしい」

「海図？」

繰り返したネイサンが、「しかも」と続ける。

「オックスフォードだって？」

ドイツ人のプラントハンターが、そもそもなぜオックスフォードの古書店で本を買うことになったのかがわからずにいたのだが、そこには案外単純な理由が存在した。

それを、ウィリアムが説明する。

「その前年にオックスフォード大学で植物学会が開かれて、お前と同じく植物学者でもあったそのドイツ人のプラントハンターも参加していたそうなんだ。――その時に、ふらりと立ち寄った古書店で手に入れた古いラテン語の時禱書《じとうしょ》に、問題の海図は挟まっていたらしい」

「なるほど」

納得したネイサンが、いささか思うところがあるように、つぶやく。

「オックスフォードの古書店で手に入れた時禱書に挟まれていた海図ねえ」

そんなネイサンの反応を見つつ、ウィリアムが続ける。

「で、その海図には、南米の海岸線と思われる陸地と島が描かれ、そこに青い蘭《らん》の絵が描かれていたんだそうだ」

「青い蘭――」

驚きというより、むしろ懐かしさのようなものを感じている口調でネイサンがつぶやき、ウィリアムが付け足す。

「しかも、その蘭は大ぶりのカトレアで、海図には船の絵と名前もあったから、その船の名前で経歴を調べたところ、十八世紀後半に実在していたイギリス船だったことが判明した」

「ほお」

「そこで、ドイツ人のプラントハンターは、故国に戻ると、直《ただ》ちに出資者を募《つの》って南米に青いカトレアを探しに出かけたというわけだ。――ただ、残念ながら、その時は、青いカトレアを見つけることはできなかったが、代わりに、真紅のカトレアを発見することになる」

「それが、『カトレア・コルソニア』か」

「ああ」

ウィリアムがうなずき、ネイサンが「まあ、たしかに」と納得する。

「青い色の蘭というのは非常に珍しく、僕が今回君のために採取してきた『バンダ・セルレア』もそうだが、たいていは青といっても、紫がかった青になる。まして、カトレア種で純然たる青など、まだ誰も見たことがなく、もし見つかれば、たちまち億万長者だ」

「そうだな」

「だから、見つからなくても仕方ないし、むしろ、たとえ色は違っても、新種が見つかっただけマシと言えるだろう」

「まさに、君の言う通りだ」

満足げにうなずいてワインに手を伸ばすウィリアムをペパーミントグリーンの瞳で物言いたげに見やり、「ただ」とネイサンが口にする。

「どうしたわけか、僕は、これと似た会話を、以前、君としたことがあるように思うんだ」

「安心しろ、気のせいだ」

「いや、気のせいではない」

それから、過去に想いを馳《は》せるようにワイングラスをまわしながら、ネイサンが「思えば」と続けた。

「あの頃から、君は青い蘭に焦《こ》がれていた」

「そうだったか？」

あくまでもとぼけようとするウィリアムに、ワイングラスを置いてテーブルの上に身を乗り出したネイサンが、「あれは」と主張する。

「オックスフォード時代、仲間内で行われたチェス大会で、ハーヴィーに大敗した君が、その腹いせとして、エイプリルフールにハーヴィーに悪戯《いたずら》をしかけると言い出したのが、始まりだった」

それに対し、こめかみに手をやって、ウィリアムが「う～ん」と声をあげる。

「昔のことで、よく覚えていないなあ」

「嘘をつくな、嘘を」

呆《あき》れたようにいなしたネイサンが、「折《おり》しも」と続ける。

「時代は、カトレアの黎明期《れいめいき》で、それより数年前に、トンプソン商会のハンク・トンプソンが、新種の蘭を発見し世間を騒がせたのが、狂乱の始まりだ」

「『トンプソニア』だな」

時代背景などには素直に応じ、ウィリアムが説明する。

「今ではすっかり忘れ去られた名前だが、当時、まだ一介《いっかい》のプラントハンターに過ぎなかったトンプソンが、たまたま出向いた南米の奥地で新種のカトレアを発見し、その商業化に成功したことでたちまち億万長者になった」

「その通り。それで、彼に続け——とばかりに、多くのプラントハンターや植物学者が新種のカトレアを求めて南米へと旅立っていった」

「そうだった、そうだった」

　ウィリアムが合いの手を入れ、ネイサンが「そんな時に」と言う。

「青いカトレアの存在を示唆《しさ》するような海図が古書の間から出たりしたら、ハーヴィーは、その足で大学をやめて南米に飛んだかもしれない」

「そうなんだよ」

　認めたウィリアムが、「だが」と悔《くや》しそうに告げる。

「奴《ヤツ》は、その海図を手にすることはなかった！」

　ネイサンが、片眉をあげ「ほら、やっぱり」と応じる。

「覚えているんじゃないか」

「もちろん、覚えているとも」

　ついに認めたウィリアムが、給仕された骨付き肉をひょいと取り上げてかぶりついたあとで、

「まったくもって腹立たしいことに」と続ける。

「金に窮《きゅう》したどこかのバカな学生が、僕が三日間徹夜《てつや》してまで作り上げ、こっそり図書館の本に挟んでおいた海図を、本ごと古書店に売りとばしやがったんだ。もちろん、当時、そんなことは露《つゆ》とも知らずに、意気揚々《ようよう》とハーヴィーを連れて図書館に行った僕は、そこですっかり肩透かしを食らい、一日中、海図を挟んだ本を探す羽目に陥《おちい》った」

「知っているよ。僕も、その無為《むい》な捜索《そうさく》を手伝わされたんだからな」

「結果として本は見つからず、ハーヴィーはその後も大学に居続け、僕は、ただただ骨折り損のくたびれ儲けだったたってわけだ。——ああ、胸糞《むなくそ》悪い。思い出しただけでも、はらわたが煮えくり返ってくる」

「なんだか知らないが、どのみち、誰も君に頼んだわけではないし、そもそも、エイプリルフールのわりに、悪戯の手が込み過ぎていたんだよ」

淡々と応じたネイサンが、「それより」と言う。

「まさか、その悪戯で作った海図が、のちのちドイツ人のプラントハンターの手に渡って新種の蘭の発見につながった挙《あ》げ句《く》、巡《めぐ》り巡って今、その蘭のことで僕たちがこうして動きまわる羽目になっているというのは、なんとも皮肉なことじゃないか」

「たしかに」

「つまり、このところ、みんな口を揃《そろ》えて『神は死んだ』などと言っているようだが、ことこの件に関してだけは、しっかりと神様は見ていて、因果応報を実践《じっせん》してくださったたってわけだ」

「まあな」

認めたウィリアムが、「ただし」と注釈《ちゅうしゃく》をつける。

「オックスフォードの古書店で買った本に挟まっていたという海図は、ドイツ人プラントハンターと共に海に沈んだそうだから、それが絶対に僕たちが作ったものであると断言はできないぞ。——ただまあ、十中八九《じっちゅうはっく》そうだろうな」

「当たり前だ。そんな海図、二つとあるわけがない。本当にびっくりだよ」

「うん、だからさ」

ワイングラスを掲《かか》げて、ウィリアムがしれっとして言う。

「始めに言っただろう。『聞いて驚け』って」

ネイサンが、片眉をあげて呆れる。

突きつめて考えたら、これらすべての騒動の元凶《げんきょう》とも言える公爵様に、反省の色はどこにも見えない。

まったくもって、理不尽である。

とはいえ、それは今に始まったことではなく、それなりにカリスマ性を備えたウィリアムの我《わ》が儘《まま》に、ネイサンを始めとする周囲の人間が振り回されることは、ままあった。

そして、そのたびに、最終的な尻拭《しりぬぐ》いをするのはネイサンなのだ。

（その昔、ワニやユキヒョウと戦ったこともあったし……）

流れで思い出したことにげんなりしながら、ネイサンが「でも」と負の連鎖《れんさ》の中にもわずかな希望を見出《みいだ》して告げる。

「これは、いいヒントになった気がするよ」

「ヒント?」

「うん」

ふたたび、ワイングラスを取り上げたネイサンが、葡萄色《ぶどういろ》の液体を見つめながら続ける。

「いわゆる、『エイプリルフール、アゲイン』ってやつさ」

「『エイプリルフール、アゲイン』?」

意味がわからず、疑わしそうに繰り返したウィリアムであったが、ネイサンは、詳《くわ》しい説明はせず、ただペパーミントグリーンの瞳を光らせた世にも美しい顔で、「そう」とうなずき辛《しん》辣《らつ》に笑って見せた。

第六章　サテュロスの媚薬

1

翌日。

焼け跡から家財を移動する手伝いをしに再びハーヴィーのもとを訪れたネイサンとウィリアムは、そこで、友人から意外な事実を聞かされる。

「証拠品がなくなっちまったそうだ」

「証拠品？」

ネイサンが訊《き》き返《かえ》す。

「警察が押収した？」

「ああ」

「なんで？」

「知らないよ」

「それって、誰かが失《な》くしたってことか？」

「いや」

昨日よりもやつれた顔をしたハーヴィーが、怒りを含む声で続ける。

「そうではなく、今朝《けさ》、現場検証の結果を報告しに来た警察官が、そもそものこととして、そんなものはなかったと言いやがったんだ。それで、今回の火事は不注意による過失で、犯罪性は一切ないという判定がくだされたって」

「バカな」

ネイサンが驚き、ウィリアムも横で小さく鼻を鳴らす。ウィリアムの場合、ハーヴィーに同情したというよりは、警察の怠慢《たいまん》や腐敗を憤《いきどお》っているのだろう。

その思いのまま、ウィリアムが推測する。

「だが、これで、犯人は決まったようなものじゃないか」

「たしかにね」

諸《しょ》事情に通じているハーヴィーが、「例の」と続ける。

「ロンドン首都警察《スコットランド・ヤード》の警視総監は、無類の蘭《らん》コレクターで、『バンダ・セルレア』の時も、君にあてこすりをしてきたくらいだからな」

「そうそう」

ウィリアムが憤然と応じる。

「それを思うと、インドでのことにしろ、今回の放火のことにしろ、奴《ヤツ》が裏で糸を引いている確率は、ものすごく高い」

「そうだな」

ハーヴィーも認めるが、「ただ」と悔《くや》しそうに言う。

「それこそ、証拠がないし、相手が悪すぎる」

「たしかに」

ウィリアムも認め、唇に手を当てて考え込んだ。

「これは、よっぽど、僕たちでしっかり証拠をつかむなりなんなりしないと、こっちの身が危ない。――なにせ、警察は当てにならないからな」

それでも希望がないわけではないようで、「もっとも」と公爵としての自負を見せて言う。

「見方を変えれば、あのあくどい男を警察組織の頂点から引きずりおろし、腐敗した警察署に新風を吹き込む絶好のチャンスとも言えるわけだ」

「それはいい。なんと言っても、警察は庶民《しょみん》の味方でいて欲しいからな」

ハーヴィーが賛同し、ネイサンもうなずいて認める。

「その通りだ」

「問題は――」

ハーヴィーが、両手を開いて残念そうに言う。

「その方法がないということで、万事休すって感じかね」

「……どうかな」

そこで、なにか思うところがあるようにつぶやいたネイサンに対し、ハーヴィーが、「なんだ？」と尋《たず》ねる。

「なにか、策があるのか？」

「うん、まあ。昨日もリアムと話していたんだけど、ないわけではない。——ただ、そうだとしても、とてもデリケートなことなので、慎重《しんちょう》を期す必要がある」

「ほお」

興味を引かれた様子のハーヴィーは、「なんであれ」と急に楽観的になって応じた。加担したい気持ちはあっても、今は、とてもそれどころではないのだろう。

「ネイトがそう言うなら、大丈夫だな」

実際、かなり気が楽になったらしく、「そういえば」と思い出したように言った。

ほぼ同じタイミングで、デボン・ハウスの使用人がウィリアムを呼びに来たため、その場を離れてしまったウィリアムを抜きにして、ハーヴィーとネイサンは話を進める。

「レベックはどうしている？」

「——レベック？」

意外だったネイサンが、ハーヴィーの顔を見て答える。

「昨日の今日だし、元気だよ」

事実、途中まで一緒に来ていたのだが、荷物の搬入先《はんにゅうさき》であるデボン・ハウスにやってきた彼らに対し、レベックは、焼け跡の前で馬車を降り、昨日に引き続きそちらの手伝いに駆り出されている。

ネイサンが、続けて言った。

「でも、そういえば、昨日、彼に褒美《ほうび》をくれたらしいな。ありがとう。彼も喜んでいたよ。真っ先に礼を言うべきだったのに、悪かった」

「それはいいんだが、ただ、彼が欲しがったものがあまりに意外だったんで、気になってしまって」

「ああ、使いものにならなくなった塊根《かいこん》のことか」

「うん。――彼は、いつも、ああなのか?」

ハーヴィーが含みのある口調で尋ねてきたので、詳細《しょうさい》を知らないネイサンは、訝《いぶか》しげに訊き返す。

「『ああ』というのは?」

そこで、ハーヴィーが、「勿忘草《わすれなぐさ》」のくだりを含めて簡略に説明してくれる。

聞き終えたネイサンが、「ふうん」とうなずく。

「勿忘草ねえ」

「しかも、彼が言うと、なんとなく本当にコルソニアが『私を忘れないで』と言っているような気がしてきてね、なんとも奇妙な感覚に陥《おちい》ったよ」

「コルソニアが言っている……か」

ネイサンが、もの言いたげにハーヴィーを見る。

レベックには植物と意思疎通《そつう》を図る能力があるのではないかという一風変わった考えは、折《おり》に触れ、ネイサンの脳裏を支配してきた。

ハーヴィーが「その上」と続ける。

「万が一にも発芽したら、儲《もう》けは俺と折半だぞと冗談めかして告げたら、彼は、ひどく真面目《まじめ》な顔をして答えたんだ。――この花がこの地で咲くことはないって」

「この花がこの地で咲くことはない？」

「そう。まるで、『カトレア・コルソニア』の運命をその手に握《にぎ》っているかのようだったよ」

「運命をねえ」

繰り返したネイサンが、「たしかに」と認める。

「気になるな」

「だろう？」

ハーヴィーが同意を求めるように言ってから、先の疑問に戻って言う。

「それで、いつもあんな感じなのかなって」

「そうだね、いつもはさほどでもないとはいえ、でも、おおむねそんな感じだよ」

ネイサンが認めたところで、ウィリアムが戻ってきて、彼の母親が息子のウィリアムとウィリアムの友人二人をお茶に招待したいと言っていると伝えられたため、彼らはデボン・ハウスの豪奢《ごうしゃ》な応接室へと向かった。

2

数日後。

ロンドン西部のコヴェントガーデンにある酒場の片隅で、乗馬服を着た目つきの悪い老年の紳士が、目の前の男に対して訊き返した。

「地図？」

「そうです」

「本当に、コルソニアの群生地を示す地図が存在すると？」

「はい。そんな噂《うわさ》が立っています」

答えた男は、チョッキのポケットに懐中時計を忍ばせた商人風の出で立ちをしていて、二人は柱の陰に身を隠すようにしてビールジョッキを傾けている。

「しかも、その噂がデタラメでないと考えられるのは、帰国したばかりのネイサン・ブルーが、慌ただしく出航の準備を始めたことでも裏付けられるのではないかと」

「ネイサン・ブルー。――ロンダールの子飼いだな」

憎々《にくにく》しげに繰り返した紳士が、続ける。

「でも、地図なんて、いったいどこから出て来たんだ？」

「聞いたところによると、最初に『カトレア・コルソニア』を見つけた時に同行していた画家が描き残した地図ということらしいですよ。――例の、波止場《はとば》で死んだ男が別便でハーヴィー&ウェイト商会宛てに送った荷物に紛《まぎ》れ込《こ》んでいたとかいう話です」

「――それはまた、随分《ずいぶん》と詳《くわ》しいな」

疑わしげに応じた老年の紳士が、「もしや」と邪推《じゃすい》する。

「罠《わな》か……？」

「罠？」

商人風の男もその可能性を考えるように繰り返し、すぐさま否定する。

「いや、それはないでしょう。ハーヴィー&ウェイト商会の使用人が居酒屋で酔《よ》っぱらってクダを巻いているのを、偶然居合わせたうちの人間が耳にしたことですから」

「ほお、偶然ね」

「はい。その者の言い分では、今回、壊滅的《かいめつてき》な被害を受けた店の再建のために、懇意《こんい》にしているロンダール公爵とそのプラントハンターが動いて、ダメになった花の補充をするということのようです」

「なるほど。言われてみれば、もともと、なんらかの地理的示唆《しさ》があったからこそ、今回、ハーヴィー&ウェイト商会の連中は、コルソニアを手に入れることができたのだろうからな。地図が存在していてもおかしくはない。しかも、お前のように群生地を燃やしていなければ、その地図を頼りに、あとからいくらでも取りに行くことができるというわけだ」

ようやく納得したらしい老年の紳士が、「それにしても」としみじみと言う。

「ブラウアーの描いた地図か。――それは、盲点《もうてん》だった」

「ええ、ええ、本当に盲点ですよ。当然おわかりとは思いますが、新種の蘭なんて、唯一無二でなければ意味がない。他にも存在するとわかれば、価格は半減――いや、もっとか」

金勘定《かねかんじょう》に余念がない男を、老年の紳士が憐《あわ》れむように見る。

おそらく、紳士にとっては、金儲けは二の次で、新種の蘭を手に入れることにこそ、意義を見出《みいだ》しているのだろう。もちろん、その蘭は、相手の主張するように「唯一無二」でなくてはならない。

商人風の男が力説する。

「ということで、よろしいですか、閣下《かっか》。コルソニアの価値を高めておきたければ、『比類なき』などと呼ばれていい気になっている公爵家のプラントハンターが、新たな探索《たんさく》の旅に出る前に、その地図をなんとかしなくては――」

「もちろん、わかっている」

気取った仕草で手を振った紳士が、断言する。

「そっちは、私に任せろ」

そこで、心底ホッとした様子の商人風の男が、「それにしても」と皮肉っぽく言う。

「またしても、彼らですね」

「たしかに。ハーヴィー&ウェイト商会の若造といい、ロンダールの青二才といい、人のものに手を出そうとは、まったくもって最近の若い者は油断も隙もありはしないな。――この前の『バンダ・セルレア』にしたって、そうだ」

「まさしくおっしゃる通りで。――私だって、ハーヴィー&ウェイト商会が、今になって『カトレア・コルソニア』を新たに入手したと知った時には、お先真っ暗になりましたから」

首を振りつつ商人風の男が言い、粗野《そや》な笑いを浮かべる。その表情は、商人と言うより、長い年月を過酷《かこく》な船の上で過ごした船乗りを彷彿《ほうふつ》とさせた。

老年の紳士が、「まあ」と策士めいた表情になって言う。

「いいではないか。それもこれも、あの気の毒な火事で、すべて消え去ってくれたわけだから。――しかも、警察は、あれをただの過失と判断した。なにせ、放火と断定するには決め手に欠けるからな」

「ほほお、『決め手』ですか」

どこか面白《おもしろ》そうに繰り返し、「そりゃ」と商人風の男が得意げに続ける。

「都合よく警察署内で証拠品が紛失《ふんしつ》してしまえば、そうでしょうとも。――それを思うと、やっぱり警察のお偉方《えらがた》を敵にまわしたくはないもんですねえ」

「し――」

老年の紳士が叱責《しっせき》するように唇に指を立てて止め、あたりを憚《はばか》るように声を落として告げる。

「滅多《めった》なことを言うもんじゃない。どこに耳があるかわからんのだからな」

「――すみません」

「とにかく、私はもう行くが、くれぐれも『カトレア・コルソニア』を頼んだぞ。かつて、『トンプソニア』を見事に咲かせた貴様の腕を信じてのことだからな」

「もちろん、重々承知しております。お任せください」

そこで、立ちあがった老年の紳士は、人目を避けるように被《かぶ》っていた帽子《ぼうし》を深々と下げて立ち去り、あとに残された商人風の男は、ようやく気楽になったところで、肩の力を抜き、ゆっくりとビールを味わうために、ジョッキを掲《かか》げて店員を呼び寄せた。

3

その夜。

夜陰《やいん》に紛れるようにして、ハマースミスにあるブルー邸に賊《ぞく》が侵入した。

カチャン、と。

小さく窓ガラスの割れる音がして、寝静まった邸内に数人の影が蠢《うごめ》く。

「――いいか」

統領らしい男が、ネイサンの部屋の前に立って言う。

「使用人は殺せ」

「へい」

「主《あるじ》は俺が拷問《ごうもん》し、地図の在《あ》り処《か》を吐かせる」

「へへ。噂では、ここの主は別嬪《べっぴん》さんだって言いますぜ。となると、拷問の手もしつこくなりそうで」

「バカ。今は楽しんでいる場合ではない。とにかく地図を見つける必要がある。それで、見つけたら、地図もろとも、いつものように屋敷に火を放つんだ。――ただ、そうだな、せっかくだし、主は殺さずに連れ帰って、お前の言う通り、あとでまたゆっくり楽しんでもいい」

物騒且《か》つ野卑な言葉が交わされ、男たちが散っていく。

使用人部屋へと向かった部下に対し、ネイサンの部屋の前に残った男が、扉を開けて中に入る。

しんと静まり返る部屋の中。

このあと、惨劇《さんげき》になるとも知らずに主がすやすやと寝ている天蓋《てんがい》付きのベッドまで足音を忍ばせて近づき、賊の男は、まずは意識をもうろうとさせるために薬を嗅《か》がせようと身を乗り出した。

だが、布団を剝《は》いだところにいたのは、人間ではなく巨大な熊のぬいぐるみで、ハッとした男の背後から凜《りん》と涼しげな声が響いた。

「こんな夜更《よふ》けに、僕になにか用かな?」

男が振り向くと、夜の闇《やみ》に紛れるように一人掛けソファーに座るネイサンがいて、宝石のように輝くペパーミントグリーンの瞳で、ジッと男を見ていた。

「――ネイサン・ブルー」

つぶやいた男が、劣勢《れっせい》を回復するように床を蹴《け》って躍りかかろうとしたが、その瞬間、耳元でカチリとイヤな音がして、後頭部に冷たい銃口《じゅうこう》が突き付けられる。

「暴れるな。暴れたら、遠慮《えんりょ》なく撃つぞ」

ベッドの陰に身をひそめていたウィリアムは、それまでの鬱憤《うっぷん》を晴らすようにそう脅《おど》しつけたあと、「ああ、いや」と前言を撤回《てっかい》する。

「むしろ、暴れてくれたほうが、撃ちやすくていい。――公爵家のプラントハンター、言い換えると、それは『ウィリアムのネイト』ってことになるわけだが、その大事な顔を傷つけるなどとほざいていた悪党には、極刑こそが相応《ふさわ》しい」

それに対し、銃口を突きつけられている男ではなく、ソファーに座っていたネイサンから異論があがった。その頃には、屋敷中に煌々《こうこう》と明かりが灯《とも》され、階下から捕物中らしい物騒な音が響いてくる。

「曲解があるようなのでいちおう訂正《ていせい》しておくが、僕は『比類なき公爵家のプラントハンター』ではあっても、『ウィリアムのネイト』では絶対にないし、そいつは、たしかに扉の向こうで僕を拷問するとは言っていたようだが、顔を傷つけるとは一言も言っていない。――なあ、そうだったろう、君」

連行されようとしている男に尋ねるが、答えが返る前にウィリアムが反論した。

「そんなの、拷問するくらいなら顔だって傷つけるだろう。それだけは、絶対に許さない。口にするのも、ダメだ」

「だから、リアム。前から言っているが、どうせ心配してくれるのなら、身体のほうも心配してくれないか。命あってのものだねなんだ」

「嫌だね」

けんもほろろに応じたウィリアムが、階下の騒動から抜け出し、「ご無事ですか、ご主人様、ロンダール公」と言いながら部屋に駆け込んできたバーソロミューに、賊の男を引き渡しつつ応じる。

「自分の身体くらい、自分で守れ。僕は知らない」

「は」

やっていられないと言うように首を振って立ちあがったネイサンが、屋敷の被害状況を確認するために歩きだしながら答える。

「そうかい。わかった。——というか、言われなくても、そうするさ」

すると、そこまで口を挟《はさ》めずにいた賊の男が、たまらずに振り返って告げた。

「おい、テメエら。そんなつまらんことをうだうだと言っているヒマがあったら、この状況を説明しろ。——なぜ、わかったんだ？」

「わかったというのは、君たちが今夜侵入することが、か？」

訊き返したネイサンに、男が答える。

「そうだ」

「そんなの、いつ襲われるかわからないから、この数日は昼夜が入れ替わったような生活を強《し》いられたよ。しかも、僕はありもしない出航の準備で忙しい振りまでして。おかげで、僕を始め、使用人たちはへとへとだ」

言ったあとで、男を引っ立てて行こうとしているバーソロミューに告げる。

「ということで、バーソロミュー。ブルー邸は、今日から数日間、逆ストライキに突入するので、みんな自分のことは自分でして、且《か》つ自分の時間をゆっくり過ごすように」

「もったいないお言葉、ありがとうございます。みなも喜ぶでしょう」

「それと」

同じ口調で、ネイサンが男に言う。

「今後のために教えておくが、偶然というのは、案外故意に作ることができるんだよ」

「……故意?」

男はまったくピンと来ていないようだったが、ネイサンが言っているのは、男の仲間が、居酒屋で偶然耳にしたという噂話のことだ。

ハーヴィー&ウェイト商会の使用人が、酔っぱらって地図の話をしたのは、わざとである。

そもそも地図などないわけで、そうやって現実にはないものの噂だけが広まるよう使用人たちに金をやり、方々に飲みに行かせたのだ。

それで、地図があると困る連中が、その噂を聞いて荒っぽい方法で奪い取りに来たところを一網打尽《いちもうだじん》にするという算段だった。

「ちなみに、僕は」

ウィリアムが、残念そうに言う。

「貴様らの襲撃が五日後と予測していたんだが、外れた。賭《か》けは、ネイトの勝ちだな」

「ありがとう。——実は、学生時代に、流した噂がどれくらいの時間でどの範囲まで広がるかを、ドニーと数値化したことがある。今回それを応用してみたが、案外、当たるものだね」

とたん、賊の男が爆発する。

「——っくしょう。コケにしやがって」

それから、不自由な身体を揺すって悔しそうに罵《ののし》った。

「いいか、覚えていろよ。この礼はさせてもらうからな」

だが、ウィスキーブラウンの瞳で険呑《けんのん》に男を見やったウィリアムが、「愚か者《おろもの》」といなした。

「その前に、自分の身を心配しろ。これから、貴様には色々と白状してもらう必要があるからな。——もちろん、人道なんてことは二の次にして、だ」

「はん。そんな脅し、こわかないね。——とっとと、警察に連れて行けってんだ。結果が楽しみだよ」

どうやら、犯罪者のわりに、警察をまったく恐れていないらしい。

そこで、眉《まゆ》をあげて「やれやれ」という顔をし、ネイサンと顔を見合わせたウィリアムが、「誰が」と告げる。

「警察に連れて行くと言った？」

「——なんだと？」

そこで、賊の男が初めてギクリと身体を震わせる。

「どういうことだ？　侵入者である俺を、警察に突き出すんじゃないのか？」

「なに、わざわざ警察の手をわずらわすまでもないさ」

「だが、犯罪者は警察に引き渡すのが常識だろう」

あくまでも警察に行きたがる風変わりな賊の男に、ウィリアムが蔑《さげす》むように告げた。

「悪いが、こっちも、闇雲《やみくも》に罠をしかけたわけではなく、ある程度予測した上でのことで、今回のことは、警察には一切知らせていない。そこから、情報が洩《も》れても困るからな」

ネイサンが、補足する。

「つまり、僕たちは、警察を一切信用していないんだ」

「だから」

ウィリアムが、テンポよく結論を告げる。

「貴様がこれから行くのは、警察ではなく、チジックの城の地下牢《ちかろう》だよ。――あの城は、けっこう歴史が古くて、地下牢には都合よく中世の拷問器具なども揃《そろ》っている。もちろん、今まで使ったことはなかったが、試してみるのも悪くない」

そこで、蒼白な顔になった賊の男に向け、「まあ」とこれみよがしに付け足した。

「どんなやり方があるかは、いちいち説明せずとも、貴様ならよく知っているだろう。好きみたいだからな。――ちょうどいいじゃないか。今回、やられる側の身になって、初めて、本当の効力がわかる」

　すると、それだけで、ふつうの人間には想像もできない恐怖に駆られたのか、男は、子どものようにしゃがみ込んで一歩も動かなくなった。

「嫌だ、止《や》めろ。教えて欲しけりゃ、ここでなんでも教えてやる。だから、そんなところには連れて行くな。――わかったか⁉」

　そこで、肩をすくめたウィリアムが、ネイサンに向かって尋ねる。

「だ、そうだが、どうする?」

「そうか。残念だな。せっかく堂々と拷問できる機会ができたと思ったのに、試せずに終わるのか」

　それから、わざと名残惜《なごりお》しそうに付け足す。

「でも、なんなら、ちょっとくらい試してみてからでも、良くないか?」

「だから、止めろと言っている!」

　ウィリアムが答える前に叫んだ男が、いかれた金持ちの子息たちが非人道的なことを始めては大変とばかりに、みずからペラペラと白状し始めた。

「貴様らの考えている通り、俺たちを雇《やと》ったのは、ロンドン首都警察《スコットランド・ヤード》の警視総監だ。俺たちは、奴《ヤツ》に命令されて、酒場で噂にのぼっていた地図を奪いに来ただけなんだ!」

「なるほど。――だが、それだけではないだろう。ハーヴィーのところに火をつけたり、インドの奥地でネイトを襲ったりしたのも、貴様らだな?」

「そうだ。——いや、違う」

男が目を白黒させて答えたことに、ウィリアムがすかさず突っ込む。

「どっちなんだ?」

「だから、ハーヴィー&ウェイト商会に火をつけたのはたしかだが、インドのほうは知らない。俺たちではない」

それは、ウィリアムたちの予想を外れた答えであり、眉をひそめてネイサンと顔を見合わせたあとで、ウィリアムが決めつける。

「嘘をつくな」

「本当だ」

「つまり、貴様らは、インドでネイトを襲っていない?」

「ああ、襲ってない。そもそも、インドになんて行っていないし」

「だが、貴様らでなければ、誰なんだ?」

「そんなの、知るか」

けんもほろろに応じたとたん、ウィリアムに凄《すご》まれ、男が慌てて付け足す。

「仕方ないだろう。下《した》っ端《ぱ》に過ぎない俺たちにわかるわけがない。——いいか、なにかの時のために教えておくが、上のやることには口を出さず、余計なことに興味を示さず、ただ、言われた仕事のみをやると言うのが、この稼業《かぎょう》を続けていく上でのコツだ」

それは、いったいどんな稼業かとも思うし、絶対に踏み込みたくない領域であったが、そこは深く追及することなく、ウィリアムが肝心《かんじん》なことを確認する。

「つまり、奴は、他にも人を雇っていて、そいつらをインドに遣《つか》わしたんだな？」

「知らないが、たぶん、そうなんだろうよ。少なくとも、俺たちじゃない。——なあ、よく考えてみてくれ。船の操作もできない俺たちが、遠くインドにまで行くと思うか？」

「ほお」

どうやら、男は本当のことを言っているようである。

たしかに、同じごろつきでも、航海経験の無いものは、おいそれと英国を出ることはできない。それどころか、目の前の男などは、生まれてこの方、ロンドンすら出たことがないのかもしれなかった。

「まあ、仕方ないな」

ウィリアムが言い、「ひとまず」と続ける。

「このまま、こいつを連れてバッキンガム宮殿に行き、早急にソールズウッド卿《きょう》の逮捕状《たいほじょう》を取ることにしよう。さすがに、現行犯逮捕であれば、奴も申し開きはできまい」

4

明け方。

ロンドンの一角にあるソールズウッド卿の館に、不意打ちで憲兵隊が現れた。

ヴィクトリア女王の命令で、彼の身柄《みがら》を拘束《こうそく》しに来たのだ。

寝耳に水だったソールズウッド卿は、七分丈《たけ》の生成《きな》りの寝間着に三角帽を被った頼りない恰好《かっこう》で、わけがわからずにおろおろしていた。

それでも、憲兵隊に同行したウィリアムを目にすると、キッと睨《にら》みつけて凄んでみせたのは、彼のなけなしのプライドだったのだろう。

「小僧《こぞう》、よくも――」

「観念していただきましょうか、ソールズウッド卿。貴殿がハーヴィー&ウェイト商会に火を放つよう指示したことはわかっているし、証人もいます」

「証人だと⁉」

「そうです。それで、女王陛下も、今回のことは、一歩間違えれば王都全体に被害を及《およ》ぼしたかもしれず、看過《かんか》することはできない犯罪だとおっしゃっておられました。しかも、その罪《つみ》を隠蔽《いんぺい》するために、法の番人であるべき警察を、自分の都合のいいように使おうとしたことも問題になっています。――つまり、貴殿は、ただの犯罪者ではなく、国家への反逆者として断《だん》罪《ざい》されるわけです」

「バカな――」

ソールズウッド卿が絶句し、「そんなの」と震える声で続ける。

「我が兄、ソールズウッド侯が許すはずがない」

だが、ウィリアムは、毅然《きぜん》とした態度で応じた。

「当然、ソールズウッド侯にも、このことはすでに報告しましたが、あちらからの返事はありませんでした」

「なんだと――?」

耳を疑うかのように訊き返したソールズウッド卿に、ウィリアムが最後通牒《つうちょう》を突きつける。

「私どもも、いくらお身内とはいえ、侯がこれらの犯罪に加担しておられないことに、安堵《あんど》しているんですよ」

それは言い換えると、助けは来ないということで、暗に「お前は身内からも見放されたのだ」と仄《ほの》めかしていた。

「く――」

追い詰められたソールズウッド卿が、ウィリアムを睨みつけて毒を吐く。

「――いいか、小僧。こんなことで、勝ったと思うなよ。絶対に、お前も地獄《じごく》に引きずり落としてやるからな。お前だけでなく、ハーヴィー&ウェイト商会やお前のところのプラントハンターも、だ。全員まとめて、地獄に叩き落としてやる！」

憤怒《ふんぬ》を秘めた視線は、神経の弱い者ならそれだけで参ってしまうほどの邪悪さに満ちていたが、それなりに肝《きも》の据《す》わったウィリアムは、負のエネルギーを撥《は》ね飛《と》ばすように言い返す。

「申し訳ないが、これ以上貴殿と関わる気はさらさらありませんよ。それは、人生の無駄遣いというものですから」

「は。そんなことを言っていられると思うのか。お前たちが探している『カトレア・コルソニア』は――」

だが、ソールズウッド卿が言い終わる前に外が騒がしくなり、すぐに憲兵隊の一人が、屋敷にやってきた使い走りの少年を連れて入って来た。

「失礼します。――お取り込み中のところすみませんが、この者が、重大な報告があるから、すぐにこの家の主人に会いたいと申しておりまして」

「――なんだ？」

ソールズウッド卿に代わってウィリアムが尋ねると、縮こまった少年が顔を真っ赤にし「トンプソンからの使いで」と叫ぶように報告した。

「温室が火事になったので、至急来られたしということです」

「――温室？」

一瞬、事態を把握《はあく》できなかった様子のソールズウッド卿が繰り返し、すぐに顔色を蒼褪《あおざ》めさせて身を乗り出すように訊き返す。

「貴様、今、温室が火事と言ったか⁉」

「はい」

「トンプソンの使いと？」

「そうです」

短く答えた少年が、もう一度さっきと同じことを繰り返す。

「温室が火事になったので、至急来られたしということです」

「まさか――！」

そこに至ってようやく事態を把握したらしいソールズウッド卿が、へなへなと腰が砕《くだ》けたようにその場に座り込む。

「私の蘭が……、幻のコルソニアが……」

放心したようなつぶやきを聞いて、瞬時になにが起きたかを把握したウィリアムが、「なんだと？」と確認する。

「もしや、燃えているというのは、またしても『カトレア・コルソニア』がある温室なのか⁉」

5

報《しら》せを聞いたネイサンも、すぐさまウィリアムと合流し、トンプソン商会がランベスに保有する温室へと向かった。

馬車の中で、「でも」とネイサンが信じられないように告げる。

「いったい誰が……？」

さらに、独《ひと》り言《ごと》のように付け足した。

「このタイミングなら、証拠を消すつもりで——ってこともないだろうし」

前の席で聞いていたウィリアムが「そもそも」と文句を言うように追随《ついずい》する。

「花なんて、なんの証拠にもならないわけだし」

「だよな」

「それなのに、なんで——？」

二人の思いは、一緒だ。

なぜ、また罪のない花が燃やされなければならなかったのか。

一緒に馬車に乗り込んでいたレベックも、つらそうに床の一点を見つめている。

そんな彼らを乗せた馬車がトンプソン商会に着いた時、炎はまだ猛威《もうい》を振るっていて、建物には近寄れなかった。

すさまじい現場だ。

明け方の空に向かい、オレンジ色の火炎が立ちのぼる。

そのまわりでは、木々や草花が、なにかを告げるようにざわめいていた。

「……あれでは駄目だな」

「ああ。手の施《ほどこ》しようがない」

立ち尽くすウィリアムとネイサンの横では、吹き付ける熱風を受けて立つレベックが、赤毛を揺らしながら空を焦《こ》がす火焔《かえん》をじっと見つめている。その金茶色に光る瞳は、炎の先にあるなにかまで必死に映《うつ》し出《だ》そうとしているようであった。

ややあって、レベックが小さく「あ」と声をあげ、ネイサンを振り返って呼んだ。

「――ネイサン」

「なんだ、レベック」

「あの男性に、見覚えがあります」

「どれ？」

「彼です」

答えながらレベックが指さしたのは、彼らから少し離れたところに立って、茫然《ぼうぜん》と温室を見つめている男だった。寝間着の上にガウンを羽織った様子は堂に入っていて、使用人には見えない。

ネイサンと一緒に男のほうを見たウィリアムが、「あれは」と告げる。

「トンプソン商会のトンプソン氏だな。」

それから、レベックに視線を戻して訊く。

「で、彼をどこで見たって？」

「インドです」

短く答えたレベックが、その金茶色の瞳を光らせて続けた。

「ネイサンが僕を庇《かば》って撃たれた時、彼が茂みから顔を覗《のぞ》かせるのが見えました」

「――なんだと⁉」

突然の重大発言に、ウィリアムが血相を変えてレベックに向き直る。

「それは、本当か⁉」

ネイサンも、真剣な面持《おもも》ちでレベックに尋ねた。

「見間違いではなく？」

当時の状況から考えて、仮《かり》に顔を見たとしても、一瞬のことだったはずだ。

それなのに、断言できると言うのか。

だが、レベックは、迷うことなくうなずいた。

「間違いありません。あの時見た男性です」

ネイサンが、ウィリアムと顔を見合わせる。その表情はどちらも、この情報をどう判断すべきか、じっくり思案しているものであった。

「……たしかに」

ややあって、ウィリアムが言う。

「ここに『カトレア・コルソニア』が存在したのなら、トンプソン商会がソールズウッド卿と繋《つな》がっていたことは間違いないわけで、そうなると、『バンダ・セルレア』を狙《ねら》っていたソールズウッド卿が、荒事のためにインドに遣《つか》わした人間が彼であったとしても、おかしくはない」

「そうだな。元プラントハンターの彼なら、頼まれて海を渡るくらい、なんでもなかったはずだし」

応じたネイサンが、「ただ」と炎のほうに視線を移し、誰にともなく問いかける。

「だとしても、なぜ……？」

トンプソン商会まで、火事になる必要があったのか。

これ以上の黒幕がいるとは、とても思えない。

それなのに、ハーヴィー&ウェイト商会の「カトレア・コルソニア」を燃やしただけでは飽《あ》き足《た》らず、ここにまで火を放った人間がいる。

それは、誰なのか――。

と、その時。

炎の中から、一人の男がよろめくように出て来た。その身体は炎に包まれ、救助は絶望的に思われる。

それでも反射的に動いたネイサンは、危険を顧《かえり》みずに男を助けようとした。

「ネイト！」

ウィリアムの警告するような声を背後に聞きながら走り寄った彼は、近くに転がっていた泥《どろ》だらけの布袋を引っ摑み、それで男を炎ごと抱《かか》え込《こ》む。

だが、残念ながら、火の勢いが強くて簡単には消せない。

あとから駆け寄ったレベックもネイサンを手伝い、二人して消火を試みる。

その間、炎に包まれた男は、どこか正気を逸《いっ》した人のように天を仰《あお》いで叫んでいた。

「これでいいんだ！　これでいい！　ここではないから。彼らが咲くべき場所は、ここではない。ここで咲くことは、許されない。だから、燃やすんだ。――燃えろ、燃えろ！」

（……まさか）

ネイサンは、消火作業に気を取られつつも、男が口にしていることの重大さに気づいて、ハッとする。

（彼なのか――⁉）

男の言葉が意味すること。

それは、この場に火を放ったのは、他でもない、炎に包まれた彼だと告げていた。

（だが、なぜ？）

火を放つ必要があったのか。

（……ここではない）

男は言った。

（ここで咲くことは、許されない――）

では、どこで咲けば、許されるのか。

疑問は尽きないが、さすがのネイサンも、今はそれらを落ち着いて考えている場合ではなかった。どんなに手を尽くしても消える気配のない炎が、ネイサンとレベックにまで魔の手を伸ばそうとしている。

炎に包まれた男が、最期《さいご》の力を振《ふ》り絞《しぼ》って叫んだ。

「彼《か》の地へ行け！　そこで、運命がお前を待っている！」

瞳に映るのは、もはや現実の景色ではないだろう。

まるで、なにかに取り憑《つ》かれているかのように叫び続けていた男が、ついにその場に膝をつく。

「――ネイト！」

慌てて近寄ったウィリアムが、まだ諦《あきら》めないネイサンを背後から羽交《はが》い絞《じ》めにして、男から引き剝がそうとする。

「もう、無理だ、ネイト。離れろ！」

「バカ。君はさがれ、リアム。ケガをするぞ」

「嫌だね。君がそいつを放すまで、放すものか」

それから、レベックを見て叫ぶ。

「レベック。君もだ！　死にたくなければ、二人とも彼から離れるんだ！」

慌ててレベックが手を放し、まだ諦めきれない様子のネイサンの腕をウィリアムと一緒に男から引き剝がした。

とたん、すでにこと切れていたらしい男の身体が、彼らの目の前でゆっくりと地面に倒れ込んでいく。

それを見おろし、ネイサンが悲しげにつぶやいた。

「……なんてことだ」

それから、依然燃え続ける家屋《かおく》に視線を移し、嚙みしめるように続ける。

「これでは、ハーヴィーの言っていた通りだな」

「不幸の連鎖《れんさ》か？」

ネイサンの横顔を間近に見つめて応じたウィリアムに対し、「そう」とうなずいたネイサンが、

「コルソニアの赤い色は」と改めて告げる。

「男に裏切られた娘の生き血と恨《うら》みを吸った色で、その花に関わった人間を次々と不幸にして

いく」

「たしかに、そうかもしれない」

「呪《のろ》われた花――」

ネイサンの腕を放しながら、ウィリアムも深く納得する。

やがて、あたりを嘗《な》め尽くした炎は、燃やすものがなくなったことで、ようやく鎮火《ちんか》の気配を見せ始めた。

6

翌日。

波止場近くの酒場の片隅に、フードつきの外套《がいとう》にすっぽりと身を包み、人々の目から逃《のが》れるようにビールを飲んでいる男がいた。

トンプソン商会のトンプソンだ。

彼は、火事のあと、人伝《ひとづて》にソールズウッド卿逮捕の報を聞いたため、現場にはとどまらず、そそくさとその場から逃げ出した。ソールズウッド卿が逮捕されたのなら、おっつけ、自分も逮捕されるのはわかりきったことだからだ。

それくらいいなら、新大陸にでも渡り、そこで一から始めたほうがいい。

幸い、わずかだが、現金を持ち出すことができた。

これで、知り合いの船に乗せてもらい、まずは南米を目指すつもりだ。そこにはまだまだ新種の蘭があって、それが彼をふたたび金持ちにしてくれるだろう。

そんなことを夢想しながら彼が二杯目のビールを頼もうとしていると、スッと目の前に一人の男が座り込んだ。トンプソンと同じようにフードを被っているが、その下から覗く髪は炎のように赤く、瞳は金茶色に輝いている。

男というより、青年といって差し支えない若さだ。

青年の顔に見覚えのあったトンプソンが、驚いて言う。

「お前は、あの時の――」

それに対し、赤毛の青年――レベックが答える。

「おかげさまで、インドでは大変な目に遭《あ》いました」

その邪気《じゃき》のない嫌みに対し、トンプソンが気色ばんで言う。

「お前、何しに来た。――俺を逮捕させる気か？」

「いいえ」

静かに答えたレベックが、小さく笑って言う。

「落ち着いてください、トンプソンさん。僕は、貴方《あなた》を警察に引き渡したりはしません。そんなことをしたら、元も子もないですからね」

「元も子もない？」

「そうです。――だから、貴方には、このまま誰にも見つからずに南米に行って欲しいわけですが、その前に渡したいものがあってきました」

「渡したいもの？」

急になにを言い出すのかといぶかるトンプソンに、レベックがスッと折りたたんだ紙を差し出した。

見たところよれよれで、茶色く汚れた様子は、かなり年季が入っている。

よほど古いか。

でなければ、日の下で使い込まれたものだろう。

訝しげにその紙を見おろしたトンプソンが、問うような眼差《まなざ》しを向ける。

「なんだ？」

「地図です」

「……地図？」

「旅行画家のブラウアー氏がかつて描いた、『カトレア・コルソニア』の群生地を示した地図ですよ。ちょっと前に、ハーヴィー＆ウェイト商会が手に入れたと噂が立ちましたよね？」

レベックの説明に対し、疑わしげに眉をひそめたトンプソンだが、それでも念の為《ため》、折りたたまれた紙を開く。

すると、たしかにそれは南米の海岸線を描いた地図で、真ん中より上のあたりに「カトレア・コルソニア」の群生地と思われる絵が描かれている。

驚いたトンプソンが、ゴクリと生唾《なまつば》を呑《の》み込《こ》んでから、尋ねた。

「なぜ、お前が、こんなものを持っている？」

レベックが、ニッコリ笑って「実は」と説明する。

「なにを隠そう、ブラウアー氏の手帳を見つけたのは僕なんです。そこに、この地図も挟まれていました。その際、僕はそれをこっそり抜き取っておいたってわけですよ」

「なぜ？」

「それは、他の人に渡したところで、意味はないからです。僕には、これがどれほど重要で、且つ意味のあるものかがわかっています」

「ほお。――つまりなんだ」

トンプソンが、勝手に邪推《じゃすい》して言う。

「使用人のお前が見つけて渡したところで、それはあっさり主人のものということになり、せいぜいが『ご苦労様』の一言をたまわるくらいで終わっちまうってことだな。――それくらいなら、こっそり金になりそうなところに持っていって、小遣い稼《かせ》ぎでもしようと？」

それに対し、レベックはなにも言わない。なにも言わずに謎《なぞ》めいた微笑を浮かべてトンプソンを見つめた。

それを肯定《こうてい》と受け取ったトンプソンは、地図とレベックの顔を慎重《しんちょう》に見比べながら尋ねる。

「それなら、お前は、これをいくらで売ろうとしている？」

「いくらでも」

「いくらでも？」

「相場がわからないので」

正直なもの言いに、トンプソンが眉をひそめて尋ね返す。

「そんなことを言って、一ポンドでもいいのか？」

「はい」

「本気か？」

「もちろん。——ただし、僕はこれが本物であるかどうかは知りません」

その無責任な言い様に、トンプソンが気色《けしき》ばむ。

「なんだと？」

「だって、それはそうでしょう。これがブラウアー氏の手帳に挟まっていたというだけで、僕には、その真贋《しんがん》を見極める目なんてないわけですから」

「……ああ、まあそうか」

説明され、トンプソンが渋々納得する。

たいして教育を受けていないであろうレベックに、地図の真贋など判断のしようがあるはずもなく、それは、トンプソン自身もそうであった。

ただ、それだけに、こんな場所でそれを正直に告白すること自体、どうかという話だ。

よほどのバカか。

でなければ、ただの正直者か、だ。

レベックが、言う。

「それでも、僕は、これが貴方を『カトレア・コルソニア』の群生地に導くと信じています」

「……信じて、ねえ」

トンプソンは、なんだか不思議な心持ちになってきた。

話は単純すぎてどこか胡散臭《うさんくさ》く、他の誰が言っても相手にしないようなことであるのに、なぜかレベックがしゃべると、奇妙な説得力を持ち、無下に振りきることができない。レベックがまとう純朴《じゅんぼく》さが、単純な話を単純な話として際立たせるせいかもしれなかった。

なんであれ、トンプソンには、レベックが嘘をついているようには思えなかったし、さらに言えば、本気で、トンプソンが「カトレア・コルソニア」の群生地に辿《たど》り着《つ》くことを願っているようにさえ感じられた。

肩をすくめたトンプソンが、懐からソブリン金貨を一枚取り出して、レベックの前に置く。

「本当に、これでいいんだな?」

「はい」

「それでもって、このことは誰にも言わない？」

「もちろんです。——そんなことをしたら、すべてが意味を失いますから」

邪気のない顔で答えたレベックが、ソブリン金貨をもって立ち上がりながら金茶色の瞳を光らせる。

「では、良い航海を、トンプソンさん。——貴方が、無事に彼女のもとに辿り着くことを祈っています」

「……彼女？」

トンプソンは、その言い回しに気づいて不思議そうに繰り返したが、その時にはすでに、レベックはテーブルを離れてしまっていて、今のが単なる言い間違いに過ぎなかったのか、それとも、なにか意図があってのことなのか、真意はわからずに終わった。


一方のレベックは、居酒屋を出たあと、通りかかった教会の募金箱に手にしたソブリン金貨を入れてしまうと、西の空を見あげて小さく息を吐く。夏至《げし》に近い今日は、夜もかなり更《ふ》けたこの時間でも、まだ西の空がほんのりと明るい。

（終わった……）

少なくとも、これで、彼にできることはすべてやったはずである。

立ち止まったレベックは、ポケットから布に包まれたものをとりだし、丁寧《ていねい》に開いて中身を

取り出した。泥の塊《かたまり》のように見えるそれは、焼け焦げた塊根で、彼がハーヴィー&ウェイト商会の温室から持ってきたものだ。

レベックは、人がまばらに行き交う路地に立ったまま、静かに塊根に向かって話しかける。

「やあ。トンプソンは、もうすぐ、君たちの仲間のところに帰って行くよ。これで、ようやく望み通り、彼を連れ戻すことができるわけだ。——満足かい?」

もちろん、それに応《こた》える声はなかったが、レベックはしばらく黙ったまま塊根を見おろしていた。

どれくらい、そうしていただろうか。

最後の残照が西の空に沈《しず》んだ頃になり、ふいに小さな微笑《ほほえ》みを浮かべたレベックが、手の中にある塊根をやんわりと握りつぶした。

どうやら中まですっかり炭化していたらしく、それは、さほど力を入れずとも彼の手の中で簡単に砕ける。その際、手の内からパラパラとこぼれ落ちた残骸《ざんがい》が、吹き寄せた風に乗ってあたりに流れ散った。

そうして、「カトレア・コルソニア」の最期を看取《みと》ったレベックは、乗る馬車もないまま、とぼとぼと歩き続け、やがて夏の宵闇《よいやみ》に溶け込んだ。

終　章

ソールズウッド卿《きょう》の逮捕劇《たいほげき》から三日後。

火事の後片付けが一段落したハーヴィーと、女王陛下の命を受け騒動の事後処理を担当していたウィリアムが仕事の合間を縫《ぬ》い、二人揃《そろ》ってブルー邸にやってきた。

ただし、捕物の舞台となったブルー邸は、いまだ逆ストライキの状態にあるため、家令兼執事のバーソロミューこそ、みずから進んで給仕をしてくれてはいるものの、食事の内容は実に質素だ。

そして、その席で、ある事実が明らかとなる。

「――逃げた？」

繰り返したネイサンが、確認する。

「トンプソンが？」

「ああ」

仏頂面《ぶっちょうづら》でうなずいたウィリアムが、「あのあと」と続ける。

「気づいたら、奴《ヤツ》の姿が消えていたんだ」

するとニシンの酢漬《すづ》けを食べていたハーヴィーが、「トンプソンなら」と最新の情報を提供した。商家で育った彼には、ウィリアムとはまったく違う情報網《もう》があり、それがなかなか信用に足るものなのだ。

「昨夜、南米に向けて出港した船に乗っていたという情報が入って来たぞ」

「なんだって？」

寝耳に水だったウィリアムが、ハーヴィーを見て問う。

「つまり、どんなに捜索《そうさく》したところで、奴はもうロンドンにはいないってことか？」

「情報が正しければ、そういうことになるな。――しかも、彼と話したという船乗りの証言では、トンプソンは宝の地図を手にしていたのだそうだ。それを頼りに、一財産作ると、息巻いていたらしい」

「――宝の地図？」

訝《いぶか》しげに訊《き》き返《かえ》したネイサンに向かい、ハーヴィーが「そうなんだよ」と不思議そうに教える。

「もっと言ってしまうと、それは、ここに至ってもまだ幻の域を出ていない『カトレア・コルソニア』の群生地を示す手書きの地図だったそうだ」

「手書きの地図って……」

戸惑ったように声をあげたネイサンに続き、ウィリアムも横から口を挟《はさ》んだ。

「そんな馬鹿なことがあるか。あれは、放火犯をあぶり出すために僕たちがこしらえた中身の無い噂話《うわさばなし》に過ぎず、実際に地図なんてなかったわけだから」

だが、その意見には、ネイサンがすぐさま反論した。

「いや、違う、リアム。忘れたか、もともと地図はあった。だからこそ、蘭《らん》ハンターのデイルは、『カトレア・コルソニア』の群生地に辿《たど》り着《つ》くことができたんだ。——ただ、レベックが拾った時点ではなくなっていたというだけで」

「ああ、そうか。そうだったな」

思い出したウィリアムが、「待てよ」と言って、とっさにテーブルに肘《ひじ》をついて考え込んだ。

「そうなると、それこそ焼却《しょうきゃく》処分されるゴミの中に、宝の地図らしきものを見つけた誰かが、それを拾って、トンプソンに売りつけたってこともあり得るのか」

だが、それはそれで一足飛びだと思ったネイサンが、一部を否定する。

「トンプソンに——とは限らないだろう」

「だが、事実、トンプソンがそれを手に入れたわけだから」

「そうだけど、拾った誰かは、まず街中の古物商かなにかに売り渡し、それが、巡《めぐ》り巡ってトンプソンの手に渡ったとも考えられる」

二人の推理合戦を聞いていたハーヴィーが、「だけど」と言う。

「それこそ、市場に出た地図を、たまたまトンプソンが手に入れるなんて偶然があっていいものか？」

「たしかに」

うなずいたウィリアムが、続ける。

「それくらいなら、誰かが意図的に彼に地図を渡したと考えたほうが、遥《はる》かに納得がいく」

「……意図的にねえ」

そこで、ネイサンが、なにか思うところがあるように考え込んだ。

その前で、「なんであれ」とハーヴィーが改めて疑問を投げかける。

「わからないのは、やはり、トンプソン商会の火事がなぜ起きたかだな」

「そうなんだが、いくつか判明したこともある」

応じたウィリアムが、最新の調査結果を教えてくれる。

「まず、温室に火をつけたのは、ネイトが助けようとしたあの男だったよ」

「……ああ、彼ね」

あの時の男の言葉からおおかたの予想がついていたネイサンは、食べ物を口に運ぶ手を止めずに尋《たず》ねる。

「つまり、彼は、あそこの従業員ではなかったってことか？」

「いや、従業員は従業員らしい」

「へえ？」

そこで、初めて意外そうな表情になったネイサンが、「それなら」と事実を確認する。

「従業員が、自分の仕事場に火をつけたのか？」

「え、なんのために⁉」

恐ろしげに確認したハーヴィーは、自身も多くの従業員を抱《かか》える立場として、身につまされる思いがしたのだろう。

「理由は、わからない」

ウィリアムが答え、「ただ」と続ける。

「他の従業員の話では、彼は、『カトレア・コルソニア』の開花を任されていた技術者の一人で、ここのところずっとおかしなことを口走っていたらしい。おそらく、なんとしても花を咲かせなければならないというプレッシャーから、神経がおかしくなってしまったのだろうということだった」

「おかしなことって？」

ハーヴィーの確認に、ウィリアムが答える。

「なんでも、この花――もちろん『カトレア・コルソニア』のことだが――は、こんな場所で咲いてはいけない。これが咲くべき場所は、他にある……と言うようなことをぶつぶつとつぶやくようになっていて、反論すると、発作《ほっさ》でも起こしたかのように喚《わめ》き散《ち》らしたそうだ」

「こんな場所で咲いてはいけない……?」

少し前に、それと似たような台詞《セリフ》を聞いたことのあったハーヴィーがもの思わしげにつぶやいた。その瞬間、彼の脳裏をかすめたのは、焼け跡の片付けを手伝ってくれたレベックが、彼に言った言葉だ。


彼らがこの地で咲くことは、絶対にありませんから。


ウィリアムの報告にある言葉とは言いまわしこそまったく違うが、言っている中身は同じである。曰《いわ》く、「カトレア・コルソニア」がロンドンの地で咲くことはあり得ない、あるいは、許されないということだ。

もちろん、理由まではわからないが、事実として、最初の航海も含めれば、三度、「カトレア・コルソニア」は、このロンドンで咲く機会があったにもかかわらず、一度たりとも咲くことはなく、幻のまま終わっている。

「とまあ、そんなわけで」とウィリアムが、気味悪そうに告げる。

「僕も、あの時この目で見たが、彼は、まるでなにかに取り憑《つ》かれているかのようだった。——な、ネイト。お前はすぐ近くで見ていたから、余計、感じただろう?」

「ああ、まあね」

「取り憑かれていたって、コルソニアに？」

　確認したハーヴィーに、ウィリアムが少し考えてからうなずく。

「まあ、それ以外にないだろう」

「でも、だとしたら、目的はなんだ。——だって、コルソニアにしてみたら、人に取り憑いてまで自分に火をつけたことになるわけで、一文の得にもなりゃしない。言ってみれば、一種の自殺だ」

「たしかに、そうだな。……じゃあ、やっぱり取り憑かれていたわけではなく、ただ、おかしくなっていただけなのか。だけど、それで放火されてもね」

　ウィリアムは認めるが、そこで、ネイサンが異議を唱《とな》える。

「果たして、そうかな？」

　ハーヴィーとウィリアムが同時に彼を見た。

「そうかなって、なんだよ」

「そうそう。そんな自殺願望のようなことに、意義があるというのか？」

「うん、そうだね」

　考え込みながら、ネイサンが言う。

「確信があるわけではないけど、もしかしたら意義があってのことかもしれない」

　ウィリアムが、眉《まゆ》をひそめてネイサンにフォークを突きつけた。

「バカ言うな。そもそも、自殺願望にしたって、植物にそんな意思があると考えること自体、おかしいわけだから」

「そうか?」

「そうだ。——百歩譲《ゆず》って、呪《のろ》いまでだよ」

ネイサンが、肩をすくめて反論する。

「僕にしてみれば、むしろそっちのほうが怪《あや》しいし、植物だって生き物である限り、意思があってもおかしくないと思っている」

「ほお?」

「ただ、もちろん意思とは言っても、人間ほど強くはなく、生存本能に近いものだとは思うけど。——でも、ゼロではないはずだ」

「だけど、生存本能と言うなら、なおさら、自殺願望のような今回の事件は変だろう。自然の法則に反している」

ウィリアムの言葉に、ネイサンが「いや」とまたしても反論した。

「そうでもないさ。案外、植物や動物の世界では、よくあることだよ」

「そうなのか?」

「ああ。少なくとも、生物というのは、時として、全体を存続させるために、みずからを滅ぼすことがあると考えられている」

ウィリアムが、目を丸くして「それは」とつぶやいた。

「極めて斬新《ざんしん》な説だ。まさか、ネイト。君は、本当に植物にそんな利他的《りたてき》精神が宿っていると思っているのか？」

「そうだね。理論として立証されているわけではないから断言はできないけど、僕はあってもいいと思っている」

「それは、なんだか、聖書学者が嫌がりそうな理屈だな」

「まあ、そうだろうね」

その点はネイサンも認めていると、ウィリアムより内容に興味を覚えたらしいハーヴィーが、身を乗り出して尋ねた。

「それなら、人間は？」

「利他的精神を持ち合わせているかって？」

「ああ」

「正直、それはどうだろう。人間は、あまりに個人の欲望が強くなりすぎてしまって、全体のために死のうなんて利他性は薄れてきている気がするな。——たぶん、今よりもっと単純な世界では、あったのだと思うけど」

言ったあとで、「ただまあ」とネイサンが、話の軌道《きどう》を修正する。

「ここで言いたいのは、人間ではなく、植物の話として、そんなこともあるのではないかってことだよ」

「なるほどねえ」

応じたハーヴィーが、「だけど」と続ける。

「それにしたって、今度の場合、なんのために、みずからの死を招く必要があったんだろう。なんたって、火事は、全体の存続すら脅《おびや》かすものだからな。そして、事実、彼らは滅《ほろ》んだわけだし」

「——そこなんだよ」

人さし指をあげて応じたネイサンが、なにを思ったか、「それはそうと」と急に違う話題を振る。

「トンプソンが、大昔、『トンプソニア』という新種の蘭をヒットさせたのは、例の『カトレア・コルソニア』にまつわる話の中で、白人が現地の娘を騙《だま》し、聖木を切り倒して着生蘭を持ち去ったという時期と一致しているよな」

「……ああ」

急に話題が変わったことに対し訝しげにうなずいたハーヴィーが、「俺も」とややあって賛同する。

「あの話を最初に聞いた時に、ちょっとそう思った」

ウィリアムが、「それって、もしや」と先を読んで尋ねた。

「ネイトは、あの話に出てきた白人が、他でもないトンプソンだったのではないかと考えているのか」

「うん」

うなずいたネイサンが、「で」と続ける。

「そう仮定して考えた場合、今回、トンプソンが逃げるように『カトレア・コルソニア』の地図を手にして南米に渡ったことには、奇妙な因果応報を感じないか?」

「——おいおい」

ふいに怪談めいた展開になったことで、ハーヴィーが眉をひそめて言い返す。

「まさか、彼に騙されたことで、最終的に村人に首をはねられたという娘の血とその恨《うら》みを吸い取ったコルソニアが、トンプソンを誘い出すために、人の手を介してロンドンに渡り、我が身を燃やしてまで彼の窮地《きゅうち》を作り上げ、ついには南米に戻ってくるように仕向けたってことか?」

「そうだね。そう言っているつもりだよ」

ネイサンが認めると、ウィリアムと顔を見合わせたハーヴィーが、「それは」と戸惑いつつ受け入れる。

「いちおう理にかなっていて、あまりにもゾッとさせられる話だが、そんなことって、本当にあると思うのか?」

「バカ。あるわけがない」

けんもほろろに否定したウィリアムに対し、植物学者でもあるネイサンが、両手を開いて応じる。

「そうか？　さっきから言っているように、僕は、ないとは言い切れないと思うけど」

「だとしたら、すごい執念だ」

いちおう納得したらしいハーヴィーに対し、あくまでも納得がいかない様子のウィリアムが、「仮にそうだとして」と言い返した。

「そこまで意図された中で、トンプソンが地図を偶然手にしたというのは、変じゃないか。そこだけ偶然なんていうのは、いくらなんでも都合が良すぎるだろう」

「まあね」

「だが、そうなった場合、火事と同じように、誰か人間の協力者がいたということになるわけだが」

「……うん、そうなるな」

ペパーミントグリーンの瞳を翳《かげ》らせたネイサンは、一連の流れの中で、一つだけ、彼らが重大なことを確認し忘れている点に気づいていた。

というのも、ブラウアーの手帳に地図が挟まっていなかったとわかった時、ネイサンたちは、手帳を拾った張本人であるレベックに対し、「地図を見なかったか」と一言たりとも尋ねなかったのだ。

たぶん、無意識のうちに、見ていれば、当然一緒に渡すだろうと判断し、誰もそこを突っ込んでみようとは思わなかったのだ。

だが、もしコルソニアになんらかの意図があった場合、その意図を実現するために必要な仲介役として、レベックほど適した人間は他にいないのではないか。

そう考えて振り返ってみれば、焼け跡にいた時、レベックが拾いあげていたのは、他でもない「カトレア・コルソニア」の炭化した塊根《かいこん》だった。

あの時、ネイサンは、レベックが手の中の塊根に話しかけているように思えたのだが、それが、単なる気のせいなどではなかったとしたらどうだろう。

レベックは、コルソニアの意図を受け、手帳に挟まっていた地図をこっそり抜き取り、然《しか》るべき時にトンプソンに渡したとは考えられないか。

ただ、それらはすべて、あくまでもネイサンの憶測《おくそく》に過ぎないため、他の二人に話すには時期尚早《しょうそう》だ。

そこで、顔をあげたネイサンが訊く。

「ちなみに、二人は、もしブラウアーの地図が残っていたとしたら、もう一度、『カトレア・コルソニア』を探しに南米に行くかい？」

「——え、そうだな」

先に応じたハーヴィーが、「実は」と教える。

「すでにウェイトとその話をしていて、二人とも、もしそんな機会があったとしても、もうコルソニアには手を出さないだろうという結論に至ったんだ」

「へえ」

意外そうに受けたネイサンが、理由を問う。

「なぜだい？」

「それは、伝説を信じるわけではないけど、やはり、俺もウェイトも、人に不幸をもたらすような花は売りたくないと思うからだよ。花は、人を幸せにするものだからな」

「なるほど」

ネイサンが納得していると、「僕も」と珍しくウィリアムがハーヴィーに賛同する。

「行かない。——というか、行かせない」

ネイサンが意外そうに訊き返す。

「なぜ？」

「そりゃ、まかり間違って『比類なき公爵家のプラントハンター』にまで累《るい》が及び、帰りの船が沈没《ちんぼつ》しても困るからな」

「……それは、お気遣いありがとう」

ドギマギしつつネイサンが礼を言っていると、「それくらいなら」とハーヴィーが付け足した。

「俺は別のものを探しに行くよ」

「別のもの？」

「そう。――人伝《ひとづて》に聞いたんだが、ことの発端になった例のドイツ人のプラントハンターは、もともと青いカトレアを探すつもりでいたんだそうだ」

「――青いカトレア！」

異口同音に叫んだウィリアムとネイサンに対し、「それが本当なら」とハーヴィーが告げる。

「俺はそっちを見つけたいね」

「そりゃいい」

嬉々として応じたウィリアムが、「ぜひとも」と続ける。

「見つけに行ってくれ」

まさに、「エイプリルフール、アゲイン」である。

一方のネイサンは、そんなウィリアムを軽く睨《にら》んでから、「いやいや」と反対意見を述べた。

「止《や》めておいたほうがいい」

「そうだな」

何も知らないハーヴィーが、真面目《まじめ》に応じる。

「ウェイトにも、そう言われた。――彼曰く、しばらくは、堅実《けんじつ》に商売をしようと」

「うん。そうするべきだ」

深くうなずいたネイサンが、しみじみと感想を述べる。

「君が太鼓判《たいこばん》を押す通り、ウェイト氏は素晴らしいパートナーだな」

「ああ。堅物《かたぶつ》だけど、最高だよ」

ハーヴィーが認めると、どこかつまらなそうに食後のコーヒーに手を伸ばしたウィリアムが「でもまあ」と締めくくった。

「散々騒がせておきながら、『カトレア・コルソニア』は結局幻に終わったというわけだな。これぞ、まさに、骨折り損のくたびれ儲《もう》け、だ」

「うん。——でも、それもまた一興《いっきょう》ってね」

応じたネイサンが視線をやった窓の外では、今日も、働き者のレベックが、花の手入れに勤《いそ》しんでいた。

ファントム・フロッグ

プロローグ

……苦しめろ。

……苦しめるんだ。

……徹底的に。


森に住んでいた老婆は、そこを訪れた女に告げる。

白髪交《しらが》じりのボサボサの髪。

先のとんがった長い爪。

奇妙な服を着て動きまわる老婆からは、ジャラジャラと石や骨細工の飾りがこすれ合う音がした。

汚れたテーブルの上からは、茶色い煙とともに甘ったるい芳香が漂《ただよ》ってくる。

そこにあるのは、キリストの栄光から遠く隔《へだ》たった、深い闇の領域だ。

目を見開いた老婆が、さらに言う。

……良いか。

……それが苦しめば苦しむほど、その骨は、強力な魔力を持つ。

……だから、苦しめろ。

……お前にできる限り、苦しめるんだ。

考える力を失った女は、うなずいた。
彼女は、疲れていたのだ。
考えることも。
生きることにも――。
そして、絶望の果てに、ようやくここに辿《たど》り着いた。
だから、考えずに言う。
「わかりました。苦しめればいいんですね?」

……そうだ。

……できる限り長く、苦しめろ！

……そうすれば、お前の望みは、必ずや叶うだろう。

そこで女は家に戻ると、早速老婆に言われた通りにした。
おのれの願いを叶《かな》えるために――。

1

十九世紀中葉の大英帝国。
ロンドンから少し西に離れたチジックに建つロンダール公爵家の城では、西インド諸島から届いた荷物の開梱《かいこん》作業が行われていた。
送り主は、「比類なき公爵家のプラントハンター」であるネイサン・ブルーで、雇い主である第六代ロンダール公爵ウィリアム・スタインの要望に従い、南米大陸の密林で採取した新種の植物を山のように仕入れてきたのだ。

しかも、同じ船で帰国したネイサン自身も、助手のレベックとともに作業に加わっているため、その場はかなりにぎやかになっている。

というのも、淡い金の髪にペパーミントグリーンの瞳を持つネイサンは、どんな女性でも溜息をついて見惚《みと》れてしまうくらいの美貌《びぼう》の持ち主で、ふだんなら手伝いに来ないような使用人たちも大勢集まってきていたからである。

その美しさは、女性だけでなく、男性の視線をも釘付《くぎづ》けにする。

その証拠に、この城の主であり、ネイサンの幼馴染《おさななじ》みでもあるウィリアムは、ことあるごとにネイサンの顔ばかり心配していた。

風邪を引いても、顔。

手足を撃たれても、顔。

たぶん、死んでも顔のことしか嘆《なげ》かないだろう。

作業をしながら、ネイサンがアマゾンの奥地で現地人に襲われた時の話をすると、女性陣が興味津々《しんしん》の体《てい》で続きを促《うなが》した。

「それで、どうやって、その場から逃げられたんですか?」

「とりあえず、足跡を残して西に向かうと見せかけて、レベックとともに川を下って逃げたんだよ」

「川を?」

「うん」

「泳いでですか？」

「もちろん」

「大変そうですね」

「そうだね」

もっともらしくうなずいたネイサンが、「実際、大変だったよ」と認めて続ける。

「でも、命あってのものだねだし、この際、怖いなんて言っていられる状況ではなかったから」

「それはそうでしょうけど、よく溺《おぼ》れずにいられましたね？」

一人の使用人の質問に、別の使用人が便乗する。

「大きな川だったんですか？」

「そりゃあ、もうとてつもなく。——だけど、たまたま、大きな枝が落ちていたのを拾って、二人してそれにつかまって川に飛び込んだんだ」

正直、どこまでが本当かわからない話で盛り上がっているそばでは、黙々と木箱の一つを開けていた助手のレベックが、ふとその手を止め、地面の上を不思議そうに見つめた。

まるで、木箱からなにかが落ち、それを探しているような感じだ。

だが、目的のものが見つからないのか、彼は首をかしげ、空になった木箱を耳の近くに持っていく。

どうやら、なにか聞こえるらしい。

それから、ふたたび首をかしげ、レベックがもう一度地面を見つめる。

と、その時。

その場がザワザワと騒がしくなったかと思うと、日も高くなった今頃になって起き出したらしいウィリアムが姿を現し、入れ替わる形で、多くの使用人がサッと潮が引くようにいなくなった。

おそらく、誰もがロンダール公爵に遊んでいると思われたくなかったのだろう。

同時に、レベックもネイサンに呼ばれたため、ひとまず探し物は諦《あきら》めた様子で、ネイサンのほうへ歩いていった。

2

数日後。

チジックの城で働く使用人たちが、夜の支度《したく》をしながらひそひそ話を始める。

「……ね、今の、聞こえた？」

「聞こえたわよ。あの不気味な声でしょう？」

「そう。声はすれども、姿は見えずって、本当に気味が悪いったら、ありゃしない」

室内の明かりを落とす手を止めてこぼした使用人に対し、テーブルの上を片付けていた別の使用人が「やっぱり」と口にする。

「あの話は、本当だったのね」

「……このお城に幽霊が出るって？」

それは、二、三日前から、使用人たちの間で囁《ささや》かれている噂《うわさ》だ。

「そう」

「やだ、怖い」

「止めてよ！」

ヒステリックに叫んだ三人目の使用人が、ソファーの上のクッションをバンバンと叩きながら怒ったように言う。

「幽霊なんて、くだらない！　そんなもの、出るわけがないでしょう！」

「……そうかしら？」

「そうよ！」

「でも、見た人がいるって」

食いさがる使用人に、三人目の使用人が言い返す。

「なら、ぜひ、私にも見せて欲しいわ」

「そんな、幽霊なんて簡単に見せられるものでは……」

「たしかに。だから、幽霊なんだし」

別の使用人が加担すると、三人目の使用人が怒りと怯《おび》えがないまぜになった様子で「だったら」と叱責《しっせき》する。

「余計なことを言ってないで仕事して！　終わらないでしょう！」

と。

彼女が癇癪《かんしゃく》を起こしているそばから、窓の外でピカッと稲妻《いなずま》が光り、とっさに窓のほうに視線をやった使用人の一人が、「ひっ」と悲鳴をあげて外を指さした。

「出た！」

「なにが？」

「幽霊！」

「幽霊⁉」

そこで振り返ったもう一人の使用人が、同じように「ひッ」と声をあげる。

「なにあれ⁉」

とたん、その場が阿鼻叫喚《あびきょうかん》の渦《うず》に呑み込まれる。

そんな中、先ほど癇癪を起こした三人目の使用人が、窓のほうを見つめ、喘《あえ》ぐように許しを乞《こ》うた。

「――そんな、違うの、ごめんなさい。私、そんなつもりじゃ、お願い、許して！」

それから、「ひいいい」と奇妙な悲鳴をあげると、そのまま白目をむいて仰向《あおむ》けに倒れてしまった。

3

翌日。

チジックの城に呼び出されたネイサンは、ウィリアム自慢の温室でアフタヌーンティーに与《あずか》りながら、なんとも訝《いぶか》しげに訊《き》き返《かえ》した。

「——幽霊?」

「ああ」

「この城に?」

「そうだよ」

「昨日の夜?」

「昨日の夜だ」

「それは——」

ネイサンが、呆《あき》れたような口調で言い返す。

片や公爵、片や一介《いっかい》のプラントハンターであれば、本来なら気安く話せるような間柄《あいだがら》ではなかったが、二人は幼馴染みで、小さい頃から親しくしていたので、こうして身分の差が出た今でも対等に話す。

「悪いけど、信じがたい」

「そうか？」

めげないウィリアムが、「だが、実際」と繰り返す。

「出たんだから、しょうがない」

「間違いなく？」

「そうだ」

紅茶茶碗を片手に重々しくうなずいたウィリアムに、ネイサンが確認する。

「そこまで言うなら、君も見たんだな？」

「いいや」

「見てないのか？」

「見てない」

呆れたネイサンが、ペパーミントグリーンの目を細めてウィリアムを見た。ややあって、疑わしげに訊き返す。

「見てもいないのに、なんで『間違いない』と断言できるんだ？」

「それは、目撃したのが一人ではないのと、僕が、この城で働く使用人たちを信用しているからだ」

「……なるほど」

どこか疑わしげに認めたネイサンに、ウィリアムが「それに」と付け足した。

「君だって、見たいだろう?」

「幽霊を?」

「他になにがある?」

どうやら、ことのついでに幽霊探しをしようと誘っているらしい。紅茶茶碗をテーブルに置いたウィリアムが、身を乗り出して説明する。

「実は、二、三日前から、ちらほらと噂にはなっていたんだよ」

「幽霊が出るって?」

ネイサンは茶化すような口調であったが、ウィリアムは至って真面目《まじめ》に答えた。

「ああ。——より正確に言うなら、誰もいないはずの部屋から、声が聞こえてくるというものだ」

「声?」

「そう。しかも、聞いた者の話によれば、実に不気味な鳴き声らしくて——」

とたん、ネイサンが突っ込む。

「——ちょっと待て」

「なんだよ?」

「今、鳴き声って言ったか?」

「ああ」

「つまり、その幽霊は人間ではない?」

「そうだが、そもそも幽霊自体、すでに人間とは言えないだろう?」

妙な屁理屈《へりくつ》をこねくりまわす友人に対し、ネイサンのほうでも「だったら」とムキになって言い返す。

「言い方を変えよう。——さっきから君が話しているのは、人間の幽霊のことではないんだな?」

「違うよ」

肩をすくめて否定したウィリアムに、眉《まゆ》をあげて呆れ顔になったネイサンが、「それなら」と問いかける。

「いったいなんの幽霊が出たんだ?」

「カエルだよ」

短く答えたウィリアムが、右手の人さし指をあげて続ける。

「この城に、カエルの幽霊が出たんだ」

4

バカバカしさの極地だと、ネイサンは思う。

幽霊探しだけでも、正直、さほど気乗りがしないというのに、それがカエルの幽霊とは、笑わせてくれる。

もちろん、ネイサンは名実ともに「比類なき公爵家のプラントハンター」であり、ウィリアムが探せといえば、幽霊だって探しはする。

たとえ、それがカエルであっても、だ。

ただ、珍しい植物を求めてのことならどんな苦労も厭《いと》わずに世界中を旅するネイサンも、対象がカエルの幽霊となると話は違い、城の中だけという限定された場所であっても、あまり歩きまわる気がしない。

そこで、正直に尋《たず》ねる。

「本当に、カエルの幽霊を探すのか？」

「探すよ。――だって、見たいから」

見たいから――。

相変わらず、酔狂《すいきょう》だ。

思えば、昔からそうだった。

まわりの友人たちは、勇敢《ゆうかん》で正義感の強いネイサンのほうが向こう見ずで突拍子もないことをやりたがると思いがちだが、実際はまったく逆で、ウィリアムのほうがずっとエキセントリックな性格をしている。

そもそも、「公爵」などというものは、欲しいものはなんでも手に入る分、たいてい際限のない欲求に苛《さいな》まれ、常《つね》に突拍子もないものに焦《こ》がれているのだ。

その欲求があまり目立たずに済んでいたのは、ひとえに、彼の欲求を叶《かな》えるために実際に動きまわるのが、常にネイサンだったからだろう。

今回も、そうだ。

結局、「カエルの幽霊」など、現実にはいそうもないものを探しまわる羽目になった。

だが、そのことを知らない人々は、結果だけを見て、ネイサンのことを「また物好きなお人だ」などと噂し合って楽しむのだ。

それでも、こうなったからには、引き受けるしかない。

「——だったら、まず」

覚悟を決めたネイサンが言う。

「その目撃者たちの話を聞きたい」

「それは構わないが、一人は、その時に倒れて以来、身体を悪くして寝込んでいるらしい」

ネイサンが、片眉をあげて訊き返す。

「なにかの祟《たた》りとか？」

「わからないが、幽霊を見た時も妙なことを口走っていたという話だから、なにか別に心に引っかかっていることがあるのかもしれない」

「それなら」

ネイサンが決断する。

「ぜひとも、その女性から話を聞くことにしよう」

そこで二人は、使用人たちの部屋がある場所へと向かう。

その際、ウィリアムは一度部屋に戻り、庭師風の出《い》で立《た》ちに変装した。

というのも、この時代、城内の使用人と公爵のウィリアムが直接話すことは、社会的にあってはならないことであったため、ふつうの恰好《かっこう》をしていたら、話しかける前に、彼らに逃げられてしまう可能性がなきにしもあらずだからだ。

もっとも、本来は家令を通じて話せば済むことで、それをせず、直接会話を持とうとするウィリアムが、やはり普通とは違う感覚の持ち主なのだ。

そして、最近は、ウィリアムがこういう恰好をしている場合は、使用人たちとの会話を希望している時であり、見かけても逃げなくていいという暗黙の了解が浸透しつつあった。

「なあ、こういう恰好も、似合うだろう？」

なんとも嬉しそうなウィリアムをチラッと見て、ネイサンがつまらなそうにわずかに肩をす

くめる。

実際、答えるのもバカバカしい。

いつも上質なシャツを身にまとっているくせに、なにが悲しくて、丈夫さだけが取り柄《とりえ》の着心地の悪いものを着て喜べるのか。

だが、ネイサンのそんな態度を違うほうに受け取ったウィリアムが、「え？」と我が身を見おろして質問を重ねた。

「もしかして、似合ってないか？」

「いや、とても似合っているさ。――そもそも、君はスタイルがいいから、たいていの服は似合う」

「お、極上の褒《ほ》め言葉だな」

ほくほくと応じたウィリアムが、お返しとばかりに言う。

「安心しろ。ネイトだって、その顔がある限り、なにを着ていても美しいから」

ウィリアムと違い、外見を褒められてもさして嬉しくはないネイサンが、「それで」と目的地に着く前に確認する。

「その女性は、なんという名前だって？」

「えっと、たしか、キャサリンだったか、ケイトリンだったか、――いや、単純にケイトだったかな？」

ウィリアムがなんとも心許《こころもと》ない答えを返した時だ。

近くの雑木林から、甲高《かんだか》い声が聞こえた。

「ケイト！　なにをしているの、早まるのはお止《や》めなさい！」

「いや、お願い、放して！　もう生きてはいられない！」

ハッとして顔を見合わせたネイサンとウィリアムは、城の裏庭まで来たところで足を止めて踵《きびす》を返し、一目散《いちもくさん》に声のしたほうへと走っていく。

その間も、緊迫したやり取りが続く。

「ケイト、駄目よ！」

「だって、もうイヤなの！」

「まだ望みはあるわ！」

「いや、死なせて！」

と――。

雑木林を入ってすぐのところに、今、まさに太い枝に縄をかけて首を吊《つ》ろうとしている女性と、それを止めようとしている年輩の女性の姿があった。おそらく、首を吊ろうとしているのが、ケイトだろう。

「ケイト！」

「あ！」

「待て、早まるな！」

「危ない！」

それぞれの声が交錯《こうさく》する中、ネイサンとウィリアムの登場に驚いた女性が乗っていた台の上でバランスを崩し、そのまま落ちて首を吊られてしまう。

「きゃあああ、ケイト！」

年輩の女性が叫び、ネイサンがほぼ同時に服の上からケイトに飛び付き、両足を抱いて支えながら、ウィリアムに向かって叫んだ。

「リアム、縄を外せ」

「わかっているが、食い込んでいて取れないんだ」

「早くしろ！」

「だから、焦《あせ》らせるな！」

その間にも、それまでみずから首を吊ろうとしていた女性が、縄に手をかけ、か細い声で「助けて」と訴《うった》える。人間、本当に死が目前に迫《せま》ると、自殺しようとしたことを後悔するものらしい。

ネイサンが訊く。

「リアム、まだか？」

「駄目だ、外せない」

それに対し、小さく舌打ちしたネイサンが、「だったら」と片手を外して腰のナイフに手を伸ばしながら言う。

「離れていろ」

「なんで？」

「いいから」

すでに、ケイトは気を失っていて、ことは一刻を争う。

そこで、ウィリアムが年輩の女性をうながしつつネイサンたちから距離を取ると、ネイサンはケイトを片手で抱いたまま、身体を逸《そ》らすようにして狙《ねら》いを定め、頭上の縄に向かってナイフを投げあげた。

シュッと。

音を立てて、ナイフが飛んで行く。

それは、一《いち》か八《ばち》かの賭《か》けであったが、ネイサンの投げたナイフは、見事に斜《なな》めに縄を切り裂くと、頭上の枝にぶつかって跳ね返った。

縄が切れた反動で重みを増したケイトの身体を守るようにして身をかがめたネイサンのすぐそばに、そのナイフが落ちてきて、ズサと地面に突き刺さる。

間一髪。

安堵《あんど》の息を吐いたネイサンは、ぐったりしているケイトを大地に横たえ、首に食い込んだ縄を解く。

「ケイト！」

年輩の女性が走り寄ろうとしたが、ウィリアムから指示を受け、こちらは急いで主治医を呼びに行く。

その間に、ネイトとウィリアムが二人がかりでケイトを部屋へと運んだ。

けっきょく、ネイサンの働きでことなきを得たが、なぜ、ケイトは首を吊ろうなどと思ったのか。

すぐにでも、その理由が知りたい二人ではあったが、意識が戻らなければ仕方なく、ケイトには改めて話を聞きに来ることにして、先に他の使用人人の話を聞くことにした。

「私、見ました」

昨夜、ケイトと一緒に夜の支度をしていた女性の告白に、ウィリアムが訊き返す。

「カエルの幽霊をだね？」

「はい、そうです」

相手が公爵であることを認識していない風を装うため、使用人はわざと「ご主人様《マイ・ロード》」と付けずに話しているが、どうやら身体のほうは勝手に反応してしまうらしく、答える際にちょっとだけスカートの裾《すそ》をたくしあげるのがなんとも滑稽《こっけい》でかわいらしい。

ネイサンが、確認する。

「だけど、君は、どうしてそれがカエルの幽霊だとわかったんだい？」

「だって、カエルの形をしていましたから」

「形って……」

ネイサンとウィリアムが困ったように顔を見合わせ、ネイサンが訊き返す。

「だとしたら、それは幽霊ではなく、単にカエルだったのでは？」

「まさか！」

使用人ははっきりと否定し、「あれは」と主張する。

「幽霊ですわ、ブルー様」

「なんで、そう言い切れるんだい？」

「身体が透き通って見えたからです」

「——透き通って？」

繰り返したネイサンに対し、ウィリアムが横から肩を叩いて得意げに言う。

「ほらみろ、ネイト。やっぱり、カエルの幽霊はいるんだよ」

すると、一緒に聴取を受けている別の使用人が「私は」と主張した。

「透けた身体に内臓が動いているのを見ました。——そりゃあもう、不気味でしたよ」

「たしかに、それは不気味だな」

ウィリアムも認めたため、使用人たちは嬉しそうだ。

一人、ネイサンだけが、不思議そうに首をかしげている。

（……内臓が動いていた？）

それはまた、奇妙なことと言わざるを得ない。

もし本当に幽霊に内臓があって機能しているのだとしたら、彼らもかすみだけを食べて生きていくわけにはいかないだろうと思うからだ。

その後、別の使用人にも話を聞いたが、そのほとんどがなにもいないところで鳴き声を聞いただけで、あとは「気配がした」とか「葉っぱが揺れた」などといったものばかりであったため、二人は聴取を切り上げ、お茶をするために戻っていった。

5

翌日。

ネイサンとウィリアムが改めてケイトの部屋を訪ねると、自分のベッドの上で半身を起こした彼女は、げっそりとやつれた顔で言った。

「——あれは、祟りです」

「祟り？」

また唐突に変な話題になったと思いつつ、ネイサンが訊き返す。

「それって、カエルの祟りということ?」

「そうです」

「だけど、なんで、君が祟られないとならないんだ。――カエルの幽霊を見たのは、君だけではないのだろう?」

「そうですが、私には祟られるだけの理由があるんです」

ちなみに、ウィリアムもその場に来てはいるのだが、今日は家令の目が光っていて庭師風の衣裳《いしょう》に着替えられなかったため、ケイトが彼の存在に委縮《いしゅく》しないよう、衝立《ついたて》の向こう側に座って話を聞いている。

だから、その姿はネイサンの視界にしか入らない。

そんなウィリアムとチラッと視線を合わせつつ、ネイサンが「そうか」とひとまず話を合わせた。人間というのは、おおむね聞き手が否定すると依怙地《いこじ》になって話を膨《ふく》らませがちだ。だから、正確な話を聞き出すためには、常に心に寄り添う必要がある。

「それなら、なぜ君が祟られなければならないのか、その理由を聞かせてはもらえないかな?」

真摯《しんし》にうながされ、ケイトは布団をギュッと握りながら答えた。

「私がバカだったんです。ある男に騙《だま》されて、少しずつ貯めていたお給金を根こそぎとられてしまって」

「……それは、気の毒に」

カエルの話のはずが、いきなり彼女の身の上話となり、ネイサンは戸惑いつつ同調する。

ケイトが続ける。

「私、病気の母がいて、お給金は母の薬代やらなにやらに消えてしまってほとんど残らないんですけど、それでも、欲しいものなどを一切買わずにちょっとずつ貯めました」

「えらいね」

「ありがとうございます――。でも、先日、仲良くしていた彼が、危険な相手に借金をしてしまい、すぐに耳を揃《そろ》えて返さないと自分は殺されてしまうと血相を変えて言うものだから、次のお給金で返してもらうのを条件に、お金を貸してあげたんです」

ネイサンが、まずそうな顔をして同情する。

「それは、ちょっと早計だったかもしれない」

「そうなんですけど、彼が本当に怯えていたから、私もなんとかしてあげたくなって」

身を乗り出して言い訳したケイトが、すぐにうなだれて「でも」と告げた。

「お金を貸した翌日に、彼はいなくなりました。――他の人に訊いたら、辞めさせられたということで、私もう頭が真っ白になって」

「まあ、そうだろうね」

ネイサンが、ケイトを労《いた》わるように応じる。

すると、衝立の向こうで一緒に話を聞いているウィリアムが、身振り手振りでネイサンになにかを訴えかけた。

それを見ながら、ネイサンが翻訳《ほんやく》するように尋ねる。

「えっと、一つ確認するけど、さっきから言っている……月？」

話の途中で疑問形になったのは、ウィリアムのジェスチャーの意味がとっさにわからなかったからだ。

それに対し、ウィリアムが別の手ぶりに切り替え、ネイサンは「ああ」と納得して、改めてケイトに尋ねる。

「さっきから話に出ている『彼』というのは、この城の人間かい？」

「──はい」

ためらいがちにうなずいたケイトに、我慢しきれなくなったらしいウィリアムが、衝立の向こうから直接尋ねた。

「それって、執事見習いだったジェフリーか？」

「そうです！」

まさか公爵直々の質問とは思っていないケイトが、衝立に向かって応じた。

それを見て、ネイサンが片眉をあげてウィリアムに問う。

「その様子だと、もしかして、そいつ、余罪があるな？」

「ああ」

認めたウィリアムが、簡潔に説明する。

「実は、他から被害届が出て、調べたらそれが事実だったんで、即刻クビにしたんだよ。だが、まさか、こんな置き土産《みやげ》を残していたとは」

「はっ」

ネイサンが、呆れたように言い募《つの》る。

「のん気に言っているけど、それなら、完全に君たちの監督不行き届きだろう」

「まあね」

「だったら、責任を取るべきじゃないか?」

「責任ねえ……」

痛いところをつかれたように、ウィリアムが肩をすくめて黙り込む。

すると、衝立の向こうとこちらで交わされる会話を聞いていたケイトが、急にそわそわしだした。

おそらく、そこにいるのがロンダール公爵その人ではないかと疑い始めたのだろう。

そこで、ケイトが完全に委縮してしまう前に、ネイサンが質問を再開する。

「ケイト。君がお金を騙し取られたのはわかったけど、それで、どうしてカエルに祟られるなんてことになるんだ?」

「――それは」

衝立の向こうを気にしていたケイトが、ふいに下を向いて恥ずかしそうに言った。

「森に住む魔女が、『苦しめろ』って言ったから」

「『苦しめろ』？」

「はい」

「誰を？」

「カエルです」

「……えっと」

短い会話の中でいくつも疑問点があったネイサンが、順番に質《ただ》していく。

「まず、森に住む魔女というのは、イチイの洞《ほら》に住みついたお婆さんのことかい？」

公爵家の広大な庭は、一部が深い森となっていて、時おり、見知らぬ人間が住みつくことがあった。もちろん、私有地なので、見つけたら追い出す必要があるのだが、ウィリアムは、庭番に、ひとまず放っておくように言ってあった。

ケイトが言う。

「そうですが、みんな、彼女は魔女だって」

「まあ、薬草に詳《くわ》しいからなあ」

ウィリアムがつぶやき、ネイサンが質問を続ける。

「それで、彼女が君に『カエルを苦しめろ』って言ったのかい？」

「ええ。――それも、出来る限り」

なんともおどろおどろしい話である。

ウィリアムと顔を見合わせたネイサンが、尋ねる。

「だけど、いったいなんのために、そんなひどいことを？」

「それは、カエルが苦しめば苦しむほど、それが死んだ時に、骨が持つ呪《のろ》いの力が大きくなるからだそうです」

「――なるほど」

合点がいったネイサンが、「君は」と言い換える。

「お金を持ち逃げした男を、呪うことにしたんだね？」

「そうです」

「無残にも、罪のないカエルを殺して」

「はい」

うなずいたあとで、さすがにバツが悪くなったのか、ケイトが言い訳するように早口に付け足した。

「他に、私の絶望を癒《いや》す方法を思いつかなくて」

もちろん、わからなくもない話だが、いささか早まった感は否《いな》めない。

ネイサンが、同情的に言う。

「まあ、そうなんだろうけど、悪いことはできないもので、今度は、殺されたカエルが君を恨《うら》み、幽霊となって現れたというわけだ」

「ええ、それ以外に考えられません！」

カエルの幽霊の姿を思い出したのが、ケイトはブルブルと震えながら叫んだ。

またしてもウィリアムと顔を見合わせたネイサンが、「それなら」と問う。

「君は、本当にカエルを殺したんだね？」

「はい」

「ひどい方法で」

「ええ」

「ちなみに、どんな方法で？」

「それは……」

一瞬言い淀《よど》んだあと、ケイトは白状する。

「生き埋めにしました」

「――生き埋め？」

眉をひそめたネイサンは気が抜けたように繰り返したが、ケイトは気づかず、真剣な面持《おもも》ちで語った。

「私、前に、死んでいないのに墓に埋められてしまった人の話を聞いたことがあって、それはもう地獄《じごく》のような苦しみだったということでした」

「だろうね」

考えただけで、身の毛のよだつ話だ。

「それで、やっぱり、生き埋めにするのが一番苦しんでいいのではないかと思って、生きたまま土に埋めたんです」

「……なるほど」

話を聞きながらネイサンがウィリアムを見ると、彼もなんとも言い様のない顔で肩をすくめてみせた。

苦笑したネイサンが、ケイトに言う。

「だけどね、ケイト。残念だけど、その話が事実なら、おそらく、カエルは死んでいないはずだよ」

「――――え？」

驚いたケイトが、慌てて主張する。

「でも、私、たしかにカエルを埋めたんです」

「うん、わかっている」

なだめるように認めたネイサンが、「でも」と続ける。

「人間と違い、カエルは土に埋めても死なないから」

「そうなんですか？」

「そうだよ」

目を丸くするケイトに、「これは余談だけど」とネイサンが教える。

「以前、学会の会報誌に、古い地層の岩の中から生きたカエルが出て来たという驚くべき報告例が載っていたくらいでね。我が大英帝国でも、前世紀に報告例があって、カエルの生態は依《い》然謎《ぜんなぞ》に満ちていると言えるだろう」

プラントハンターであると同時に優秀な学者でもあるネイサンは、そんな博物学的知識に事欠かない。

「すごいですねえ」

感心したケイトが、「それなら」と問い返す。

「私は、本当にカエルを殺してないと？」

「そう思うよ」

「だったら、祟られるいわれもないはずですね？」

「うん」

うなずいたネイサンが、「よければ」と提案する。

「今から、確認しに行こうか。どこにそのカエルを埋めたのか、当然、埋めた場所は覚えているのだろう？」

「はい、ブルー様。あとで、骨を拾う必要があるので、印を立てておきました」

「それなら、そこへ案内してくれ」

そこで、彼らは、カエルの墓場へと行くことにした。その際、変装をしていないウィリアムは、二人から少し離れてついていく。

「――ここです」

ケイトの示した場所には、たしかに小枝を組んで作った十字架が立てられていて、そのそばには、明らかに、つい最近なにかが出て行ったような形跡が残っていた。

念の為《ため》、ネイサンが軽く手で掘ってみるが、やはりカエルは見つからず、みずから出て行ったものと思われた。

「ほら、ご覧」

「ええ、本当にいませんね」

確認したケイトが、ホッとしたようにつぶやく。

「――よかった」

どうやら、今になり、激情に駆られてカエルを生き埋めにしたことを後悔していたらしい。

貯金を取られたショックで気の迷いが生じただけで、本来、根は優しい女性なのだろう。

ややあって、ケイトが「だけど、ブルー様」と不思議そうに尋ねた。

「あれが、私が殺したカエルの幽霊でないなら、いったいなんなんでしょう?」

「たしかにね」

認めたネイサンが、少し離れた場所で見ていたウィリアムと視線を合わせ、諦念《ていねん》を交えて言う。

「これで、振り出しに戻ったたってことだ」

6

ケイトと別れたネイサンとウィリアムが庭を散歩していると、睡蓮《すいれん》の浮かぶ溜池《ためいけ》の前にレベックが立っているのが目に入った。

陽に透ける赤い髪に金茶色の瞳。

純粋《じゅんすい》さの塊《かたまり》であるのが透けて見えるほどに、清らかさに溢《あふ》れた青年である彼には、ロンドンのような薄汚れた都会より、水と緑と太陽光に溢れた田舎《いなか》の景色がよく似合う。

かつてはブルー邸の庭で下働きをしていたが、植物の扱《あつか》い方《かた》が手馴れていることに感心したネイサンが助手に引き上げ、なにかと面倒をみている。

そして、それはとてもいい判断だったと言えるだろう。

というのも、レベックは働き者でよく気がまわり、ネイサンを助けてなにくれとなく動いてくれるからだ。

今では、ネイサンにとってなくてはならない存在にまでなっていて、実は、今日もネイサンに代わって、この城に搬入した植物の状態をチェックしてもらっていたくらいだ。

「レベック！」

ネイサンの声に振り返ったレベックが、「ネイサン」と応じて柔らかく笑ったあと、背後のウィリアムに気づいて丁寧にお辞儀をする。

「こんにちは、ウィリアム様」

「やあ、レベック」

ウィリアムは、最初、どこの馬の骨とも知れないレベックに、ネイサンが特別に目をかけるのをあまりよしとしなかったのだが、なんだかんだ近くで接するうちに、その存在を認めるようになってきた。

その良い例が呼び方だ。

ある時、ウィリアムは、レベックに対し、ウィリアムへの呼びかけを、一般的で儀礼的な「ロンダール公爵《ロード・ロンダール》」から『ウィリアム様』に変えるよう指示した。

これは、大きな進歩である。

以来、レベックはウィリアムをそう呼び、さらに、いくぶんか親しく言葉を交わすようになっていた。

ネイサンが、レベックに訊く。

「植物たちのチェックは済んだのかい？」

「はい、終わりました。特に問題はなさそうです」

「それはよかった」

応じたネイサンが、視線を溜池のほうに移して訊く。

「それで、今は、なにをやっているんだい？」

「……それが」

若干《じゃっかん》言いにくそうにウィリアムのほうを一度見たレベックが、「実は」と話し出す。

「池の中に、見慣れない生き物がいるらしくて」

「見慣れない生き物？」

繰り返したネイサンが、冗談交じりに確認する。

「まさか、カエルの幽霊ではないだろうね？」

すると、否定するだろうと思いきや、レベックが驚いたようにネイサンを振り返って、金茶色の瞳を大きくした。

「どうしてわかったんですか？」

「――え？」

意外だったネイサンが、ウィリアムと視線を交わしてから「まさか」と訊き返す。

「本当に、ここにカエルの幽霊がいるのか？」

それに対し、溜池のほうに視線を戻したレベックが「本当かどうかは」と答える。

「正直、わかりませんが、なにか得体の知れないものが潜《ひそ》んでいるのは事実のようです」

そこで、ウィリアムが横から口を挟《はさ》んだ。

「『よう』って、誰がそう言っているんだ？」

「それは」

答えようとしたレベックだが、その時、なにかに気を取られた様子で「あ！」と叫び、身を乗り出して続けた。

「今、あのあたりで、なにか光りませんでしたか？」

「本当に？」

ネイサンとウィリアムが、レベックが指さすほうに視線を転じる。

溜池にはたくさんの睡蓮が浮かび、それらが太陽のもとで明るく輝いていた。

「――よくわからないが」

ウィリアムが言い、ネイサンもうなずく。

「たしかに、どこだ？」

「えっと、あれ、あのあたりだったんですけど……」

当のレベックも見失ってしまったのか、しどろもどろに答えていた、その時だ。

上空からカラスが急降下してきて、まさにレベックが指さしていた場所に舞い下りると、睡蓮の葉の上をつつくようにして、すぐに飛び去った。

その際、パシャッと水しぶきが飛ぶ。

それを見ていたネイサンが、「あ！」と叫んで、カラスを指さした。

「光った。たしかに、カラスのくちばしの中でなにかが光った！」

「——それって」

ウィリアムが、絶望的につぶやいた。

「つまりは、食われたのか？」

「そうだろうな」

ネイサンが認める。

彼の言葉で明らかとなったのは、なんだか知らない正体不明の、たまに太陽光を反射して光るものが、カラスの餌食《えじき》になったということだった。

すると、カラスが飛び去ったあとも、空ではなく睡蓮の咲く溜池を見ていたレベックが、「ウィリアム様の御推察通り」と補足する。

「どうやら、本当に食べられてしまったみたいですね」

そこで、上空を見ていたウィリアムとネイサンがレベックのほうに視線を戻し、ウィリアムが首をかしげて問いかける。

「だから、なにが？」

それが知りたいのに、どうしてもわからない。

それに対し、レベックは失礼がないようにウィリアムのほうを向き、丁寧な口調ではっきりと答えた。

「正体はわかりません。――ただ、見慣れない生き物がいなくなったことで、この場に平穏が戻ってきたことはたしかなようですよ、ウィリアム様」

さらりと伝聞形式で言われるが、だとしたら、レベックには、どうしてそのことがわかるのか。

ここには、レベックとウィリアムとネイサンの三人だけで、他に、そのような情報をもたらすような存在はない。

ただし、この場を彩《いろど》る睡蓮と話ができれば別だが――。

そして、レベックは、これ以外にも、そんな不思議なことを口にすることが時おりあった。

ウィリアムが疑わしげな視線を向ける横で、ネイサンが苦笑し、これ以上余計な質問をされないよう、純朴《じゅんぼく》なレベックをさらりとフォローする。

「まあ、いいじゃないか、リアム。もしかしたら、これで幽霊騒ぎが収まるかもしれないわけだから」

「バカ。全然よくないぞ。僕は幽霊の正体が知りたいんだ」

だが、事実、その日を境に、チジックの城ではカエルの幽霊話はピタリとやんだ。

エピローグ

「けっきょく、カエルの幽霊の正体はなんだったんだろうな」

気候がいいため、見晴らしの良い高台にテーブルを出し、そこでアフタヌーンティーに与りながらウィリアムが言った。

春の柔らかな風が、そんな彼らに花の香りを運んでくる。

「さあねえ」

ネイサンが答え、「まあ」と告げた。

「可能性として、突然変異か、でなければ、西インド諸島からの荷物に紛《まぎ》れて運び込まれた新種のカエルだったのかもしれない」

それに対し、いかにも納得がいかなそうにしているウィリアムであったが、ネイサンは構わず、「それより」と話の向きを変えた。

「君が解雇したと言う『ジェフリー』のことだが」

「ああ、金を持ち逃げした奴《ヤツ》だな」

「そう」

うなずいたネイサンが、紅茶のカップをまわしながら、あっさり告げる。

「捕まえたよ」

「——そうなのか？」

意外だったウィリアムが、身を乗り出して訊く。

「どうやって？」

「ハーヴィーに頼んで、居酒屋で、最近女性をたらし込んで金を巻き上げたと得意げに話している男がいたら、知らせてくれと頼んでおいたんだ。——そういう奴に限って、自分の魅力を自慢したがるものだからな」

「なるほど」

ハーヴィーというのは、二人の学生時代からの友人で、とても有能な商売人だ。

ウィリアムが納得する。

「ハーヴィーね」

「そう。そうしたら、案の定、見つかって、警察に突き出してやると脅《おど》したところ、ケイトから巻き上げた金を返してくれたよ」

「すごいじゃないか」

「ハーヴィーの情報網がね」

友人の手柄を横取りせずに応じたネイサンが、「だけど」と先を続けた。

「さっき、ここに来る前にケイトのところによってお金を返そうとしたら、ジェフリーに持ち逃げされた分は、君がきちんと給金に足して払ってくれたと言っていた。その理由として、信用に足らない人間を雇《やと》ってしまった責任をとる必要があるからと言ったそうだね？」

ネイサンは説明しながら、ケイトに渡すはずだった金をテーブルの上に置く。

「ということで、これは君に返すのが妥当《だとう》だろう」

だが、置かれた金をチラッと見おろしたウィリアムが、面倒くさそうに言った。

「要《い》らないよ。取っておけ」

「いいよ。——というか、もらういわれはない」

「だったら、次に来る時に、なにかうまいものでも買ってきて、ケイトたちに差し入れてやればいい」

それに対し、目を細めて笑ったネイサンが、「君は」と褒めた。

「寛大な城主だな。——それでもって、ここで働く人間は、みんな、幸せ者だ」

「ありがとう」

軽く首を傾けて礼を述べたウィリアムが、「もっとも」と不満そうに付け足した。

「その分、どうしてだか、おかしなことは起きやすいがね」

どうやら、まだカエルの幽霊の正体がわからずに終わったことを悔やんでいるらしい。

ネイサンなどは、とっくに記憶の彼方においやってしまっているというのに、なに不自由なく育ってきた分、ウィリアムは諦めも悪いらしい。

そんな彼らの上を、カラスが二羽、カアカアと鳴き声をあげながら仲良く飛び去った。

追記。

アマゾン川流域で透明なカエルが発見され、世間を騒がせるのは、これより二世紀ほどあとの、二十一世紀まで待たねばならない。

あとがき

篠原美季

世の中、新型コロナウィルスで大変なことになっています。

狭《せま》い空間に押し込められたまま、正確な情報も得られず、感染者と重傷者が増えていく環境に置かれた人々の恐怖はいかばかりかと、本当にお気の毒に思います。

もっと早い対応ができないものかと、ニュースで見ているだけの素人《しろうと》はもどかしく思うのですが、知り合いの看護士さんによると、やはりインフルエンザのように簡単に検査ができるものではないし、実際、街中のクリニックでは、感染者の方が来ても対応ができないという現場の状況があり、突きつめると、医療体制そのものに問題があるようです。

今回のケースは致死率が低いからまだしも、これで感染力と致死率の高い（この二つは反比例の関係にはありますが）ウィルスが入ってきた時には、この国は、残念ながら、右往左往している間に全滅するでしょう。

そう考えると、この物語の主人公であるネイサン・ブルーが生きていた時代は、当然、まだ抗生物質などがないわけで、長い航海の間に、感染症の恐怖にも打ち勝つ必要があったのではないでしょうか。

ゴーストシップなんて、現代に生きる私にとっては想像の世界の話でしたが、今回、入港を拒否されて海の上をさまよう羽目に陥《おちい》った豪華客船があったことを思うと、昔は、見知らぬ土地で現地の感染症にかかった人々を載せた船が、かなりの確率で海の上を漂《ひょう》流《りゅう》していたのかもしれないと考えるようになりました。

彼らにとって、死は実に身近なもので、その恐怖と戦うには、神の存在が絶対だった。

だからこそ、彼らは、その日一日を大切に生き、一日を無事に終えられることを神に感謝していたのかもしれません。

よし、これを機に、私も時間を無駄にしないようにしようっと!

なんて、若干《じゃっかん》シリアスなあとがきになりましたが、本来なら、もっと愚《おろ》かな話をしようと思っていました。

なにせ、雑誌に二話目を掲載している最中に、この二巻のゲラを読んだり短篇や文庫のためのショートストーリーを書いたりしていたため、ネイサンが、今回どこに行って、なにをしてきたかが、頭の中で完全にごっちゃごっちゃ。

インドと中国と、そしてなぜかアマゾンまで出てきて、途中「あれ?」と思うこともしばしばで、例によって例のごとく、校閲《こうえつ》その他の方々に大変お世話になりましたが、たとえそうでも、このシリーズは書いていて楽しいです。

まあ、「琥珀《こはく》のRiddle《リドル》」の時もそう思いましたが、それに引き続き……ということですよ♪

そして、今回のテーマは、麗《うるわ》しき蘭《らん》です。

参考文献については、前回掲載した分と、前回同様シリーズを通じて使用するものについては最終巻にまとめて掲載させていただくことにして、ここでは割愛し、今回は蘭に関するもののみとさせていただきます。

【参考文献】
・「蘭の王国ブラジル大紀行」Kleber Lacerda著　唐沢郁子訳　草土出版
・「世界ラン紀行　辺境秘境の自生地を歩く」唐沢耕司著　家の光り協会
・「蘭百花図譜　十九世紀ボタニカルアート・コレクション」八坂書房編　八坂書房

最後になりましたが、今回も素敵なイラストを描いてくださった烏羽《からすば》雨《あめ》先生、並びにこの本を手に取って読んでくださった方々に多大なる感謝を捧《ささ》げます。
では、次回作でお目にかかれることを祈って——。

聖バレンタインの午後に

篠原美季　拝

W I N G S ・ N O V E L

【初出一覧】
失われた花園とサテュロスの媚薬：小説Wings '19年春号（No.103）～'19年夏号（No.104）掲載
ファントム・フロッグ：書き下ろし

この本を読んでのご意見、ご感想などをお寄せください。
篠原美季先生・烏羽 雨先生へのはげましのおたよりもお待ちしております。
〒113-0024　東京都文京区西片2-19-18　新書館
[ご意見・ご感想] 小説Wings編集部「倫敦花幻譚② 失われた花園とサテュロスの媚薬」係
[はげましのおたより] 小説Wings編集部気付○○先生

倫敦花幻譚②
失われた花園とサテュロスの媚薬

著者：**篠原美季** ©Miki SHINOHARA
初版発行：2020年3月25日発行

発行所：株式会社 新書館
[編集] 〒113-0024　東京都文京区西片2-19-18　電話 03-3811-2631
[営業] 〒174-0043　東京都板橋区坂下1-22-14　電話 03-5970-3840
[URL] https://www.shinshokan.co.jp/

印刷・製本：加藤文明社

ISBN978-4-403-54219-0 Printed in Japan

S H I N S H O K A N